Weihnachtsgeschichten aus dem Leseturm

Festtagsfreuden rund um Gänsebraten, Westpakete und die Liebe unterm Weihnachtsbaum

Leseturm
Literaturkreis Merseburg

Weihnachtsgeschichten aus dem Leseturm

Festtagsfreuden rund um Gänsebraten, Westpakete und die Liebe unterm Weihnachtsbaum

Leseturm
Literaturkreis Merseburg

Herausgegeben von
Katharina Mälzer

2017

www.leseturm.net

Schlagworte
Weihnachtsgeschichten, Heiligabend, Weihnachten, Festtage,
Weihnachtsbaum, Weihnachtskarpfen, Westpakete, Ernstfall, Liebe,
Gänsebraten, Merseburger Dom, Weihnachtsgeschenk, Rouladen,
Kirche, Familie

Impressum
© Die Autoren der Weihnachtsgeschichten
Herausgeber: Katharina Mälzer
(Mitherausgeber für die Geschichten der Kinder: Hans-Dieter
Weber), Merseburg, November 2017
Titel- und Umschlaggestaltung: Katharina Mälzer und Pierre Kynast
Titelbild: Merseburger Schloss von der Saale aus gesehen
Foto: Birgit Gerlach

Erste Ausgabe © pkp Verlag, Pierre Kynast, Leuna, November 2017
Internet: www.pkp-verlag.de
Herstellung und Vertrieb: Books on Demand GmbH, Norderstedt
Paperback: ISBN 978-3-943519-33-4
E-Book: ISBN 978-3-943519-34-1

Inhalt

An Stelle eines Vorwortes

Weihnachten – Was ist das?

Ann-Kathrin Schaumburg

Weihnachten ist für jeden etwas anderes. Viele denken dabei an Heiligabend, und vor allem die kleineren Kinder freuen sich auf die Geschenke. Für manche Erwachsene ist es aber auch eine stressige Zeit. Man muss sich durch die drängenden Massen kämpfen, um Geschenke zu besorgen, möchte Weihnachtsmärkte besuchen und Plätzchen backen und eigentlich auch noch die Verwandten besuchen. Wieder andere denken bei Heiligabend zuerst an die Geburt Jesus und die Weihnachtsgeschichte. Es wird die Kirche besucht, auch wenn man sonst vielleicht nie zu einem Gottesdienst geht. Aber zu Weihnachten ist das halt etwas anderes. Doch es gibt noch viel mehr Bräuche als nur den Kirchenbesuch. Schulen zum Beispiel veranstalten Weihnachtskonzerte, und viele Spendenaktionen finden in der Adventszeit statt. Denn dann sind die Menschen spendabler, denken vermehrt an ihre Mitmenschen und wollen etwas Gutes tun. Aber auch solche Kleinigkeiten wie die typische Weihnachtsgans gehören dazu. Nicht zu vergessen sind natürlich all die bunt beleuchteten und geschmückten Häuser, die durch die dunklen Dezembernächte hindurch hell strahlen. Und selbstverständlich der Weihnachtsbaum. Sicher für viele – nicht nur für mich – drückt er sozusagen die Magie der Weihnacht aus. Wenn er so mit all den leuchtenden Kerzen, den bunten Kugeln und anderen glitzernden Dingen da steht – erst dann ist richtig Weihnachten. Wenn man ihn dann irgendwann im Januar wieder abschmücken und wegschmeißen muss, da tut es einem fast schon weh, diesen treuen Freund gehen zu lassen. Hat er einem nicht das Gefühl der Weihnacht näher gebracht und sicher viele Augen von Groß und Klein leuchten lassen? Doch in Wirklichkeit ist Weihnachten noch viel mehr. Es ist eine besinnliche Zeit, die vielen Menschen jedes Jahr aufs Neue bewusst macht, wie wichtig die Familie ist. Oft sieht man sich sonst das ganze Jahr nicht und freut sich auf die Weihnachtsfeiertage, an denen endlich alle mal wieder zusammensitzen. Man erzählt sich Geschichten und lacht miteinander. Besonders die Kinder sind glücklich und spielen mit ihren neuen Sachen unter dem hell erleuchteten Weihnachtsbaum. Dann bedanken sie sich beim Christkind oder Weihnachtsmann und träumen vielleicht schon vom nächsten Jahr. Häufig wird der Advent auch als Zeit der Wunder angesehen. Doch ich glaube, dass es Wunder das ganze Jahr hindurch gibt. Weihnachten ist einfach nur die Zeit, in der die Menschen genauer hinsehen und sich dadurch der alltäglichen Magie bewusst werden. Man wird empfänglicher für all die schönen und berührenden Kleinigkeiten jedes Tages. Weihnachten ist etwas, das man nicht in Worten fassen kann. Es ist der Geruch frisch gebackener Plätzchen, das Wiedersehen mit alten Freunden und Verwandten, all die hell erleuchteten Fenster, die unvergleichliche Stimmung abends auf dem Weihnachtsmarkt und die gespannte Vorfreude auf die Geschenke. Weihnachten ist ein Gefühl, das jeder mit etwas anderem verbindet. Ich wünsche allen ein frohes Weihnachtsfest.

Was ist Weihnachten?

Rüdiger Paul

Waren es:
der Spaziergang vor der Bescherung,
die Ofenbank vom Meister Nadelöhr,
Weihnachtslieder aus Mutters Gesangbuch,
der am Heiligen Abend brennende Stromzähler,
selbstgebackene Stollen,
die bebilderten Geschichten in der Fibel,
das erste Fest mit einer Nordmanntanne,
ein Notarztwagen, der Mutter abgeholt hat?

Vaters ewige Geschichte
von der verkohlten Eisenbahn,
der „Nussknacker" von Tschaikowski,
Charles Dickens' Weihnachtsgeschichte,
das Leuchten in den Kinderaugen,
das letzte Türchen am Weihnachtskalender,
der Schein vom Kerzenlicht,
ein besonderer Duft,
„Stille Nacht",
eine Botschaft?

Sind es:
Dinge, die man nicht mehr geben kann?

Es ist:
eine Walnuss vom bunten Teller.
Vielleicht?

Der goldene Weihnachtsbaum

Lynn Gumbrecht

Es war einmal ein Baum, der stand in einem großen Laubwald. Es war der einzige Nadelbaum weit und breit. Deswegen wurde er von den anderen Bäumen gehänselt. Er war darüber sehr traurig. Doch eines Nachts kam eine gute Fee und sagte: „Auch wenn du der einzige Nadelbaum bist, kannst du im Herzen Gold tragen." Der Nadelbaum verstand nicht recht. „Warte bis morgen, dann wirst du eine Belohnung erhalten", sagte die Fee und verschwand. Am nächsten Morgen, als der Nadelbaum aufwachte, sah er, dass seine Nadeln aus Gold waren und er ein silbergoldenes Kleid anhatte. Die Laubbäume versammelten sich um den Nadelbaum herum und bewunderten seine Pracht. Doch da trat der Bürgermeisterbaum zu dem Nadelbaum und erklärte: „Von nun an werde ich dich zu meinem Assistenten erklären, und ich will nie wieder sehen, dass dich Laubbäume hänseln." Von da an hieß der Nadelbaum Goldstern. Er leuchtete jede Nacht und jeden Abend und gab den Waldtieren Licht. Eines Tages strahlte er so doll und so prachtvoll, dass er so schnell Freunde fand, wie man Weihnachten sagen kann.

Der Tannenbaum

Johanna Adler

Es geschah zu der Zeit, da – nein, es geschah nicht, als Cyrenius Landpfleger in Syrien war, wie in der Bibel berichtet wird –, sondern es geschah in unserem Land und in unserer Zeit. Wenngleich, es trug sich vor etwa einem halben Jahrhundert zu. Unser Land war schon eine ganze Weile zweigeteilt und würde es auch noch bleiben müssen. Die beiden Teile unterschieden sich sehr. In dem einen gab es schon viel Gutes und Schönes, Leckeres und Angenehmes, in dem anderen Teil musste man sich rühren, wenn man von Mangelwaren etwas abbekommen wollte. Es war von vielem einfach nicht genug für alle da. Dafür war die Freude besonders groß, hatte man den begehrten Gänsebraten ergattert oder pünktlich zum Fest einen halbwegs annehmbaren Weihnachtsbaum erwischt. Denn in der Zeit und dem Teil des Landes, in dem sich die Geschichte ereignet, gab es nicht an jeder Ecke einen Baumarkt, der schon lange vor dem Fest die schönsten Christbäume in Hülle und Fülle anbot.

Damals ging der Förster mit seinen Mannen in den Wald, sonderte die minderwertig gewachsenen Bäume aus, ließ sie fällen und zu bestimmten Plätzen bringen. Die Käufer waren nicht wählerisch, sie freuten sich, wenn sie einen davon erwerben konnten, außerdem wussten sie sich zu helfen, seine Mängel zu mindern.

Aber einer von den aussortierten Bäumen war gar zu schäbig im Vergleich zu den anderen. Da stand er nun, in die äußerste Ecke des Platzes abgeschoben. Jeder, der ihn erblickte, schaute sofort wieder weg, als schämte er sich, so etwas Erbärmliches ansehen zu müssen. Und auch als die Auswahl immer geringer wurde und die besten Bäume ohnehin längst ihre Abnehmer gefunden hatten, wollte ihn immer noch niemand haben. Als wäre Leben in ihm und er trüge schwer daran, seufzte es manchmal in seinen spärlichen Zweigen. Und hätte sich jemand Zeit genommen, ihn genauer zu beachten, er hätte das starke Verlangen und die Sehnsucht, die von ihm ausging, spüren können.

Nun war er seiner Bestimmung nachgekommen und war zum Weihnachtsbaum geschlagen worden. Sollte er jetzt das letzte, das allerhöchste nicht erleben, sondern hier vergammeln?

In seiner Erinnerung ging er zurück in den Wald. Da hatte er es auch schon nicht leicht gehabt, manchen Spott hat er aushalten müssen. Zwar waren viele seiner Kameraden ebenso wie er nicht makellos gewachsen, aber so schlimm wie bei ihm war es bei keinem. Er wusste selbst am besten, dass sein einziger Schmuck seine Nadeln waren, wunderbar lang und duftend. Dafür hatten ihn die Vögel des Waldes stets gelobt, wenn sie sich auf ihm niederließen. Und sie hatten ihm prophezeit, dass auch er einmal Weihnachtsbaum werden würde, gerade weil er so dürftig gewachsen war. Die Schönen müssen im Wald bleiben, er aber wäre ein Auserwählter! Die Vögel mussten ihm auch immer wieder erzählen, was ihn erwartete, wenn es denn dazu käme. Und das war so herrlich und verlockend und gefiel ihm so sehr, dass er sich fast mit seinem minderwertigen Wuchs aussöhnte und den Tag herbeisehnte, an dem es geschehen würde.

Wenn er schon nicht rank und schlank gen Himmel hatte streben dürfen, seiner Aufgabe als Weihnachtsbaum wollte er gerecht werden.

Und tatsächlich war eines Tages eine gewaltige Unruhe im stillen Wald ausgebrochen, Männer waren mit Motorsägen gekommen, rechts und links von ihm krachten seine Kameraden nur so nieder. Ein wenig schmerzhaft schien es ja zu sein, sie hatten geächzt und gestöhnt. Dann war es ruhig geworden. Und er? Würde er etwa nicht Weihnachtsbaum werden?

In die Stille hinein hatte eine Männerstimme verächtlich gerufen: „Du meine Güte, ist das ein Krepel! Was sollen wir denn mit dem anfangen? Den nimmt doch keiner." Eine andere erwiderte nicht ganz so abwertend: „Stehenbleiben kann er nicht. Lasst ihn uns fällen. Vielleicht findet jemand seine Nadeln schön."

Der Baum hatte einen scharfen Schmerz verspürt, doch die Erfüllung seines sehnlichsten Wunsches ließ ihn diesen aushalten. Jetzt würde geschehen, wovon er unzählige Male geträumt und womit er sich getröstet hatte, wenn ihn der Jammer über seinen Wuchs überkommen wollte.

Doch nun stand er in seiner Ecke, Tag um Tag verging, niemand fand Gefallen an ihm. Und er wollte doch so gern geschmückt werden zum Christfest und strahlen und dadurch andere zum Strahlen bringen! Bei diesem Warten war es, schwer die Hoffnung aufrecht zu erhalten. Er sprach sich selbst gut zu: „Ich bin doch ein Tannenbaum, mein grünes Kleid gibt Kraft und Mut zu jeder Zeit!" Aber die Hoffnung wurde immer geringer, dass er die Weihnachtsherrlichkeit schauen würde. Die

Tage bis zum Fest konnte man schon an den Fingern einer Hand abzählen.

Da geschah in der Abenddämmerung das Wunder! Eine junge Frau, schwer tragend an ihrer fortgeschrittenen Schwangerschaft, betrat den Platz, schaute sich um und ging zielgerichtet auf den schäbigen Baum zu. Sie brauchte gar nicht zu überlegen, dieser musste es sein, schäbig hin oder her! Ob sie mit der Hellsichtigkeit der Schwangeren sein Sehnen gespürt hatte? Der Verkäufer zuckte mitleidig mit den Schultern, erließ ihr einen Großteil des Preises und half ihr noch ein Stück des Weges.

Die junge Frau achtete nicht auf die abfälligen Bemerkungen derer, die ihr begegneten. Sie schleppte unverdrossen ihren Baum, manchmal – wenn sie innehalten musste – kam es ihr so vor, als streichelten sie seine schönen Nadeln. Wie war sie froh, den Weg in die Stadt doch noch gewagt zu haben. Nun war alles beisammen für das erste Weihnachtsfest mit ihrem Liebsten in der eigenen Wohnung. Alles hatte sie schon besorgt, nur der Baum hatte noch gefehlt. Aber da der junge Ehemann zu der Zeit und auch später eigentlich nie Zeit für derlei Dinge hatte, war sie entgegen aller Vernunft losgegangen, den Baum zu besorgen. Jetzt, jetzt konnte das Fest kommen!

Zu Hause kamen aber erst einmal Vorwürfe ob dieser Unvernunft mit der Schlepperei. Und überhaupt, was denn das für eine Krücke wäre?! Vor lauter Sorge wurde der werdende Vater ungerecht. Als er aber Tränen in den vorher so strahlenden Augen seines angetrauten Weibes aufsteigen sah, überkam ihn mit Macht sein schlechtes Gewissen. Es wäre ja seine Aufgabe gewesen, den Baum zu besorgen. Schnell nahm er die Liebe seines Lebens in die Arme, tröstete sie und versprach: „Pass auf, ich mache uns einen schönen Baum daraus, ich weiß schon wie." Sie lächelte tapfer die Enttäuschung weg und sagte: „Mir hat er einfach leidgetan. Er sah so verloren aus in seiner Ecke. Sieh mal, hat er nicht wunderbare Nadeln? Auch war mir, als riefe er mir etwas zu." Darüber mussten beide lachen, der Frieden war wieder hergestellt.

Und dann kamen die Wehen – zur Unzeit. Nun würde es wohl nichts werden mit dem ersten Weihnachtsfest in der eigenen Wohnung. Wieder Enttäuschung und Tränen bei der jungen Frau. Auch der Baum fühlte sich betrogen so kurz vor dem Ziel. Doch – glückliche Fügung – die Natur hatte ein Einsehen. Das kleine Kind wurde so rechtzeitig geboren, dass die junge Mutter – wohl etwas früher als üblich – am Heiligabendabend mit ihm im Arm in das traute Heim entlassen werden konnte. Wie strahlte die junge Frau, wie der glückliche – aller Sorge enthobene – Vater, als sich die Tür zum Weihnachtszimmer öffnete!

War das ein Leuchten, war das ein Duft! Die Frau war wie geblendet, sie glaubte, ihren Augen nicht trauen zu können. Denn was war aus dem schäbigen, hochgeschossenen Krepel geworden? War das Prachtstück in der Mitte des Raumes die elende „Krücke", die sie nach Hause geschleppt hatte? Oder hatte der Mann etwa einen neuen Baum gekauft? Ein leichter Unmut wollte sich ihrer bemächtigen. Bei näherem Hinsehen erkannte sie aber, wie es zu diesem Wunder gekommen war und sie konnte sich rückhaltlos an ihm erfreuen.

Die Kerzen an den nun dichtstehenden Ästen strahlten mit den Augen der Bewunderer um die Wette. Die Kugeln blitzten und leuchteten im Widerschein der Wachslichter, die Nadeln verströmten einen Duft, als wollten sie für alle Unbill und Mühsal, die der Mann gehabt hatte, entschädigen. Denn Mühe, unendliche Mühe hatte es ihn gekostet, den langen Baum zurechtzusägen, ihn wieder zusammenzusetzen, in seinen Stamm unzählige Löcher zu bohren und dahinein passende Äste einzufügen. Auch dem Baum waren die schneidende Säge und der ekelhafte Bohrer nicht gerade angenehm gewesen, er hatte direkt ein paar dicke Harztränen vergießen müssen. Aber wie die junge Mutter die Schmerzen der Geburt vergessen hatte, war auch seine Pein Vergangenheit. War er nicht prächtig verwandelt? Das Glück dieser Menschen, seine eigene, Wirklichkeit gewordene Herrlichkeit, das war so wunderbar, so viel schöner, als er es sich je vorgestellt hatte. Nun mochte kommen, was da wolle, er hatte alles erreicht. Er wiegte sacht seine Äste und ließ die Nadeln duften. Und als die junge Frau ihm etwas näher kam, als wollte sie ihm ihr Christkind zeigen, meinte sie wieder ein leichtes Streicheln zu verspüren. Sie lächelte versonnen und flüsterte ihm unhörbar für die anderen zu: „Na, du?!"

Am nächsten Morgen in der Frühe kamen die Vögel des Waldes in Scharen geflogen, seine wundersame Verwandlung zu schauen. Auch sie waren wie geblendet von seinem Glanz und seiner Schönheit. Die Schnäbel blieben ihnen offen stehen, kaum, dass sie ein: „Haben wir dir zu viel versprochen?" herausbrachten.

Der Baum wiegte wieder seine Zweige und ließ die grünen Nadeln duften. Und die Glöckchen, die an den Ästen aufgehängt worden waren, läuteten die frohe Weihnacht ein.

Die Freude währte lange. Doch dann ging der Baum den Weg aller Weihnachtsbäume. Er verschwand im Kachelofen, heizte ihm ordentlich ein und ließ es noch einmal so richtig krachen. Seine Seele stieg als weißer Rauch in die Lüfte, die Winde nahmen ihn auf und verteilten den herrlichen Geruch nach verbranntem Tannengrün weit in die Lande. Seine Asche aber wurde zu Nahrung für neue Pflanzen.

Zu Besuch bei Frau Holle

Regina Oversberg

Es war an der Zeit, ich wollte es endlich in Erfahrung bringen, warum es am Heiligen Abend bei uns so selten schneit, warum meine Enkel zu oft auf den frisch gefallenen Schnee zum Fest verzichten müssen. Deshalb wollte ich unbedingt zur Frau Holle, denn sie war meine letzte Hoffnung und die unbestreitbare Kompetenz in Sachen Schnee. Da ich keinen wassergefüllten Brunnen in meiner näheren Umgebung kannte, entschied ich mich für den anderen Weg, über den des Holunderstrauchs,

Frau Holles Baum, auch Hollerbusch genannt. Um beim Wechsel zwischen den Welten nicht im Erdreich steckenzubleiben, wählte ich das größte und prächtigste Exemplar, das ich finden konnte. In der Nacht zu Allerseelen, pünktlich zur Mitternachtsstunde, an dem sich die Pforten zwischen den Welten für einen winzigen Moment öffnen, klopfte ich dreimal an den Stamm des Holunderstrauchs, und im selben Moment spürte ich, wie sich die Welt um mich herum von oben nach unten verkehrte. Gleich darauf fand ich mich, wie einst das Mädchen Goldmarie, auf dieser herrlichen Wiese wieder, die den nie endenden Frühling lebt, und vor mir stand Frau Holle mit einem fragenden Lächeln im Gesicht: „Du willst doch wohl nicht in deinem Alter noch in meinen Dienst treten?", begann sie das Gespräch. Noch atemlos von der ungewöhnlichen Reise schüttelte ich zunächst nur den Kopf, um sodann aber doch mein Problem zu erläutern: „Ich habe nur eine Frage an dich, liebe Frau Holle, und wenn du es verlangst, werde ich für deine Antwort auch alle Fenster in deinem Haus putzen." Frau Holle lächelte jetzt mild. Das machte mir Mut, meine Frage zu stellen: „Ich würde nur zu gern wissen, warum du es am Heiligen Abend so selten schneien lässt!" Frau Holle sah mich an: „Komm mit", sagte darauf die gute Seele, „ich werde dir alles gern bei einer Tasse Tee erklären." Sie führte mich zu ihrem Haus in den Wolken, und ich erschrak über die riesige Anzahl von Fenstern in ihrem Palast. „Du musst wissen", begann sie mit ihrer Erklärung, dabei noch mit dem Teeaufbrühen beschäftigt, „zum Weihnachtsfest lade ich stets mein gesamtes Gefolge ein, alle Elfen, die auf der ganzen Erde verstreut in den Wäldern, Bäumen, Sträuchern, in den Steppen, Wüsten und in den Seen leben. Ihr nennt sie Feen, doch habt ihr sie eigentlich schon längst vergessen! Aber sie sind es, die die Welt im Gleichgewicht halten sollen. Jedoch von Jahr zu Jahr gibt es für sie mehr zu tun, und den meisten gehen schließlich die Kräfte aus. Ich habe dann zum Weihnachtsfest alle Hände voll zu tun, damit sich der bunte Reigen meines Gefolges wieder erholen kann und zu neuen Taten im neuen Jahr fähig ist! Bei so viel Arbeit kommt das Bettenschütteln schon mal zu kurz." Wir schwiegen beide einen Moment, ich betroffen und beschämt, sie erschöpft. Dann kam mir eine rettende Idee: „Wenn das so ist, würde ich gern zum Fest bei dir bleiben, um zu helfen. Ich könnte auch für dich die Betten aufschütteln, damit es für die Kinder auf der Erde schneit. Warum sie bestrafen? Sie haben unsere Welt doch nicht durch Krieg, Gier, Gleichgültigkeit und Hass zerstört." Frau Holle nahm mein Angebot gerne an, und ich blieb. Seitdem übe ich das Schneemachen, doch es ist wahrlich eine anstrengende Arbeit. Aber weil ich die Welt ein kleines Stück schöner machen will, gebe ich nicht auf und bleibe wenigstens bis zum ersten Weihnachtstag hier. Einige der vielen Fenstern im Himmelspalais habe ich auch schon geputzt.

Vor Weihnachten

Katharina Mälzer

Es gab so viel zu tun. Zwölf Tage vor Weihnachten. Daß es zwölf Tage waren, war ihr nicht bewußt. Sie wartete auf den Anruf. Statt zu warten oder besser während des Wartens hätte sie aufräumen, backen, Geschenke besorgen, schon besorgte verpacken können. Aber da lag dieser Topfuntersetzer. Kleine farbige Plastehülsen, versetzt aufgefädelt, die jetzt einfach aus der Vernetzung rollten. Wie kleine Perlen lagen sie da, grün und rot und Perlen, die erst bei Licht ihre Farbe verrieten. Grau und düster war das Tageslicht, die Augen schmerzten beim Stieren auf diese kleinen Hülsen. Sie holte Schere, Sternzwirn und eine lange Nadel. Sie kniete auf dem Teppich nieder, die Nähutensilien neben den sich aufdröselnden Topfuntersetzer gelegt. Erst nahm sie ein Papier, um die Reihenfolge der Farben zu vermerken. Denn sie wollte nur reparieren, nichts neu kreieren. Sie zählte die Perlen ab, die für eine Reihe standen. Zwölf Stück. Sie erkannte, wie der Untersetzer genäht war. Zwölf Perlen, abwechselnd mit zwölf Perlen einer anderen Farbe aufgefädelt. Nur eine der Farben wurde mit zwölf weiteren Perlen mit dem Faden verbunden, es entstand ein Gitter. Sie überlegte, wie effektiv es sei, die Perlen nur einzeln aufzufädeln, oder nacheinander erst die Nadel durchzuschieben, um Zeit zu sparen. Entspannend war es. Mal so, mal so, mal knüpfte sie neuen Faden an, wenn der in der Nadel zu kurz wurde. Fingerspiele, Fingerfertigkeit waren jetzt Worte, die in ihrem Kopf herumgeisterten. Wer hatte den Untersetzer denn gefertigt? Wie lange lag er hier herum, wartend auf Reparatur oder darauf, weggeworfen zu werden? Ihr fiel ein, daß eines ihrer Kinder im Krankenhaus gewesen war. Ein Junge vom Dorf, ein Junge, der damals mit dem Bein in eine Erntemaschine gekommen war, hatte Tausende von Perlen an seinem Bett. Er gab ihrem Sohn welche ab. Wie viele Jahre mag das her sein? Sie erinnerte sich daran. Jungen, die Perlen auffädelten. Mit einer Geduld, mit Anmut, wie man es von Jungen nicht erwartete. Jetzt war sie, hockend auf dem Boden, bei der sechsten Reihe angekommen. Der Anruf. Aus dem Krankenhaus, in dem einer ihrer Jungen heute, zwölf Tage vor Weihnachten, lag. Nichts Besonderes, ein kleiner Eingriff an der Nase. Sie erinnerte sich, ihr kleiner Junge, der ihr damals den Topfuntersetzer schenkte. Ein buntes Plasteteil. Sie erinnerte sich, wie sie selbst nie so etwas, aber auch immer etwas für die Mutter bastelte. Wie so ein Untersetzer plötzlich mehr ist als das, wofür er in der Küche gedacht war. Ein kleiner Eingriff. Vollnarkose. Und sie fädelte mit Sorge, fädelte und sah den kleinen Untersetzer, wie er sich wieder zum Quadrat mauserte. Gut, dachte sie, alles wird gut.

Nach rot kam grün, dann eine Reihe helleres Grün. Dann gelb und weiß. Es klingelte. Eine Nachricht aufs Handy: Alles gut!

Das Weihnachtspaket

Johanna Adler

Die Familie bestand aus Vater, Mutter und drei Kindern.

Sie lebte mit den Großeltern und anderen Verwandten in dem Teil Deutschlands, der offiziell Deutsche Demokratische Republik – kurz DDR – hieß, inoffiziell der „OSTEN" oder „BEI UNS HIER" genannt wurde. Wenn man vom anderen Teil, der Bundesrepublik Deutschland – abgekürzt BRD – sprach, benutzten manche solche Begriffe wie „KLASSENFEIND", „BEI EUCH DRÜBEN", andere aber „WESTEN" oder nur „DRÜBEN". Ich denke, jeder weiß, warum und wann es zu dieser Teilung gekommen war. Die Grenze schnitt das Land, aber auch viele Familien mittendurch; hüben wie drüben entwickelten sich völlig andere Verhältnisse durch eine gegensätzliche Politik. Im Großen wie im Kleinen kam es dadurch zu traurigen, schlimmen, mitunter aberwitzigen, aber auch zu schönen oder kuriosen Situationen. Ganze Bücher sind davon schon vollgeschrieben worden. Ein wenig soll auch diese Geschichte die Verhältnisse von damals widerspiegeln.

Familie A. lebte also in dem einen, andere Familienangehörige in dem anderen Teil Deutschlands. Als es noch möglich war, besuchte man sich gegenseitig, später nur noch einseitig. Aber Briefe konnte man schicken, auch Päckchen und Pakete. Manches Kopfzerbrechen bereiteten diese Gaben. Die eine Seite hatte die Qual der Wahl und musste aus dem Überfluss heraus Entscheidungen treffen. Die andere Seite hatte Schwierigkeiten, aus dem Mangel etwas herauszufinden, was der Konkurrenz standhalten konnte; blamieren wollte man sich schließlich ja auch nicht. So wurde in dem einen Teil eigentlich das ganze Jahr über gejagt und gesammelt und zu Weihnachten dann verpackt, was man „ergattert“ hatte. Bewaffnet mit möglichst allen Paketen ging es zur Post, man stellte sich am Ende der langen Schlange an, denn auch andere Familien beschenkten ihre Lieben. Wenn man Glück hatte, war am Morgen der Briefträger mit einer Benachrichtigung da gewesen, man könne ein

Paket abholen. Da brauchte man sich dann nur an einem anderen Schalter nochmal anzustellen und nicht bei Dezemberschlickerwetter erneut zur Post zu laufen. Die Zeiten von UPS, DHL oder HERMES lagen noch in weiter Ferne.

Trotz aller Mühsal, man schenkte gerne und von Herzen. Und man freute sich natürlich auch von Herzen über die Gaben von der anderen Seite, also von „DRÜBEN". Waren doch in den „Westpaketen" überwiegend Dinge, die sich doch sehr von den Produkten unserer volkseigenen Produktion abhoben.

Nun gehörte zur Familie A. neben leiblichen Verwandten noch ein sogenannter „ONKEL H.". Er war mit ihr weder versippt noch verschwägert. Er war ganz einfach ein Schulkamerad des Vaters aus Kindertagen, der durch Kriegswirren mit Eltern und Geschwistern nach der Stadt an der Saale gekommen war und später in die Heimat zurückgegangen war, nun schon in den „WESTEN". Der Kontakt jedoch riss nie ab.

Und so kam es, wie es kommen kann: Als beide Freunde schon Familienväter und Besuche nur einseitig ostwärts möglich waren, muss den einen die Sehnsucht nach den halleschen Jahren gepackt haben. Er lud sich einfach bei Familie A. ein. Einer beantragten Aufenthaltsgenehmigung wurde durch die Polizeibehörde stattgegeben, der Besuch rückte näher. Ungeduldig von den Kindern erwartet, etwas zurückhaltender von Vater und Mutter, lagen doch völlig andere Verhältnisse und viele Jahre dazwischen. Um es kurz zu machen, der „ONKEL“ eroberte durch seine ganze Art die Herzen im Sturm und ist bis heute bei den nun längst erwachsenen Kindern noch der heißgeliebte „ONKEL H.“. Und dieser allseits beliebte „ONKEL H.“ schickte natürlich fortan auch jedes Jahr ein Weihnachtspaket. Der Vollständigkeit halber soll erwähnt werden: Bis heute gehen die Pakete hin und her.

Ob auf der westlichen Seite die Pakete ebenso sehnsüchtig erwartet und begeistert aufgenommen wurden, entzieht sich etwas der Kenntnis, von „UNS HIER“ ist jedenfalls zu berichten, dass das Paket von „ONKEL H.“ zum absoluten Höhepunkt jedes Heiligen Abends wurde.

Mindestens in der zweiten Hälfte der Adventszeit wurde die ohnehin gestresste Mutter von jedem nach Hause Kommenden jeden Tag gelöchert, ob denn das Paket schon da wäre … Wenn man es dann endlich von der Post abholen konnte – manchmal auf den letzten Pfiff – erleichtertes Aufatmen. Was wäre die Bescherung ohne das bewusste Paket: unvorstellbar!

Nun war es ja nicht so, dass es bei Familie A. keine schönen oder passenden Geschenke gegeben hätte. Die Mutter hatte ein gutes Ohr für die Wünsche der Kinder. Das Jagen und Sammeln das ganze Jahr über wurde auch auf die Gaben der Familie angewandt. Aber die Andersartigkeit der Geschenke und die andere Phantasie des Schenkenden machten den besonderen Reiz aus. In Erinnerung sind zum Beispiel Gummistiefel für den Jüngsten – noch dazu quietschegelbe – geblieben. Kein Mensch aus der Familie wäre auf die Idee gekommen, ihm welche zu schenken, obwohl jeder wusste, wie gern er selbst bei dickstem Matsch und Schnee draußen rumstromerte. Doch „ONKEL H." hatte gut beobachtet.

Nun also, war das Paket eingetroffen, wurde es bis zum Schluss aufgehoben und ganz am Ende der Bescherung als Gipfel der guten Gaben mit äußerster Spannung und aufs sorgfältigste ausgepackt, jeden Augenblick genussvoll auskostend. Dass es einmal eine Enttäuschung gegeben hätte, daran kann sich niemand erinnern.

Nun trug es sich aber zu, dass in einem Jahr das Paket besonders lange auf sich warten ließ. Jeden Mittag musste die – wir erinnern uns – ohnehin weihnachtsgestresste Mutter den Kopf schütteln auf die sich ständig wiederholende Frage. Auch der Vater wurde unruhig bei dem Gedanken an den eventuell fehlenden Höhepunkt. Mit seinem inneren Auge schmökerte er schon in dem erwarteten Buch.

Ob nun die ständige Fragerei oder die zugegebenermaßen ungerechte Vermutung der Mutter, die Familie könne sich ein Weihnachten nur mit dem

Paket vom „ONKEL" vorstellen, die Mutter verärgerte; sie fasste jedenfalls einen scheußlichen Entschluss.

Der Zufall kam ihr zu Hilfe. Das Glück wollte es, dass der Briefträger zwei Tage vor Heiligabend, noch waren keine Ferien, den heißerwarteten Zettel brachte. Die Mutter sauste wie ein geölter Blitz los, obwohl es ihr zu der Zeit überhaupt nicht passte, holte das Paket ab und kam gerade noch rechtzeitig vor dem ersten Schulkind nach Hause. Mantel aus, Schuhe aus, Paket verstecken und dann mit der harmlosesten Miene der Welt die ewige Frage verneinen war eins. Auch alle weiteren Fragen an diesem Tag wurden auf die gleiche Weise beantwortet. Selbst der schärfste Beobachter hätte kein Fünkchen Schalk in ihren grünen Augen entdecken können.

Die Spannung stieg erheblich, aber man hatte ja noch eine Galgenfrist. Morgen und am Vierundzwanzigsten hatte die Post bis mittags geöffnet, das Paket würde schon noch kommen, es war ja jedes Jahr gekommen. Doch auch da kam der Briefträger mit leeren Händen – kein Wunder. Die langen Gesichter, auch das des Vaters, rührten die Mutter in keiner Weise, nun gerade nicht. Dafür erwähnte sie auffällig oft, dass es Weihnachten doch gar nicht um die Geschenke ginge, sondern um das Jesuskind – und überhaupt, sie sollten sich nicht so anstellen, es hätte doch jedes Jahr trotz aller Schwierigkeiten der Beschaffung schöne Geschenke gegeben.

Die betrübten Mienen hellten sich – der Vernunft gehorchend – etwas auf, Gottesdienst und Beteiligung am Krippenspiel taten ein Übriges, die Bescherung lief ohne Zwischenfälle ab. Als auch die letzte – nun schon zaghaft vorgebrachte – Frage nach dem Paket verneint wurde, fügte sich die Familie in das Unabänderliche, gab sich zufrieden mit den Gaben, lobte und bewunderte alles über den grünen Klee. Die Mutter merkte wohl die Enttäuschung, aber der Teufel, der sie geritten hatte und zu dem Beschluss veranlasste, hielt sie immer noch gepackt. Sie musste ihre Lieben einfach noch ein bisschen zappeln lassen.

Das Abendessen war schon vorüber, sie hatte sich in die Küche zum Abwasch verzogen, die allerletzte Frage verneint, ebenso die halbherzige, ob man helfen könne.

Nun gut, meinten die Kinder, die Katastrophe ist tatsächlich eingetreten, müssen wir uns eben fügen. Sie verschwanden im Kinderzimmer, um das geschenkte, ehrlich bewunderte Mikrofon für den Kassettenrekorder anzuschließen und auszuprobieren. Der Vater wurde gerufen, die Mutter auch. Doch die meinte, sie hätte noch zu tun. Jeder sprach etwas herein. Es wurde zurückgespult und abgehört; alles lachte über die Albernheiten des Gesagten und den verstärkten sächsischen Tonfall.

Es war eine Gaudi, die Mutter hörte die begeisterten Ausrufe bis in ihre Küche: „ Aber nun komm doch endlich auch, Mutti, du musst auch etwas sagen!“ Die echte Freude der Kinder über das gelungene Geschenk versöhnte die Mutter. Jetzt war die Gelegenheit da, den Knoten zu lösen. Sie ließ sich nicht mehr lange bitten, ging in das Kinderzimmer und sprach in das hingehaltene Mikrofon und in die erwartungsvoll auf sie gerichteten Augen: „Achtung, Achtung! Eine Durchsage“, – kurzes Innehalten –, „im Schlafzimmer unter dem Bett befindet sich noch das Paket von …“. Weiter kam sie nicht. Wie junge Hunde durcheinanderkugelnd stürmten die Kinder unter den ungläubigen Augen des Vaters und den schalkhaft blitzenden der Mutter davon, um sofort wieder mit dem Paket angeschleppt zu kommen.

Welche Herrlichkeiten an diesem Abend ausgepackt wurden, weiß niemand mehr. Aber in Erinnerung wie kein anderer Heiligabend ist dieser jedenfalls für alle Beteiligten geblieben. Dem Vater, weil er eine Seite an seiner Frau entdeckt hatte, die er bisher noch nicht kannte. Den Kindern, weil sie gelernt hatten, eine Enttäuschung zu überwinden, und der Mutter, weil sie einem aus Bosheit heraus gefassten Entschluss zu solch einem Höhepunkt verholfen hatte.

Noch heute, die Kinder haben selbst schon Kinder, geht ab und zu die Rede: „Wisst ihr noch, als uns die Mutti nach Strich und Faden belogen hat?“

Und als in einem anderen – viel späteren Jahr – das Paket vom „Onkel H.“ erst nach dem Fest eintraf, da wollte es niemand glauben, dass es diesmal tatsächlich so war. Aber da waren die Kinder schon erwachsen und aus dem Haus und hatten gelernt, manche Enttäuschung zu verwinden …

Alles für die Katz?

Katharina Mälzer

Ah, wieder erhältlich! Die Kultfigur, die Winterstimmung nach Hause bringen soll. Als Bestseller für nur neunzehn neunundneunzig! Aber man sollte zugreifen bis zum achten November. Die Werbung ist wichtig, gerade bei diesem Jahrhundertnovember, der eher zum Baden als zum Rodeln einlädt! Weißer, langer Bart, Knollennase, gütiges Lächeln bei geschlossenen Augen. Doch was hat er an? Nichts Rotes, nein, einen braunen Pullover mit Nordicmuster und passend gemusterter Mütze, Wollweste, Handschuhe. In der einen Hand trägt er einen Stock und läßt die Laterne baumeln. Es ist nicht der Weihnachtsmann, er nennt sich Nordic-

Man. Trotzdem hält die andere Hand einen Sack, locker über die Schulter geworfen.

Frau und Herr Katz laufen los. Sie holen sich diesen Mann ins Haus. Er ist 46 Zentimeter hoch. Die Werbung geht weiter. Das Weihnachtsgesteck, diesmal mit den Weihnachtssternen mit Glitzereffekt. Es werden auch Zweige angeboten mit zwölf LED-Lampen. Frau und Herr Katz nehmen auch die Vase mit, um die Zweige kunstgerecht darin zu präsentieren. Drei neunundneunzig und vier neunundneunzig. Frau Katz kauft noch einige rote Glaskugeln, denn Herrn Katz war doch eine im letzten Jahr zu Bruch gegangen. Die Werbeangebote häufen sich pünktlich zum ersten Advent. Jetzt sind auch rotgekleidete Weihnachtsmänner dabei, etwas kleiner als der Nordic-Man; dem als auch den Engelchen – süß wie nie – können Frau und Herr Katz nicht widerstehen. Frau und Herr Katz haben keine Wahl, denn bald ist Weihnachten.

Das Neugekaufte wird dekoriert zum ersten Advent. Eine Woche später kommen die Lichter hinzu, auch die Pyramiden und Glöckchen, die in vergangenen Jahren gekauft worden waren. Zum dritten Advent finden Frau und Herr Katz auch die kleinen Rehe und Hasen, die Krippe, mit Kindchen, und stellen sie brav zu den anderen Weihnachtsschnäppchen. Wunderschön sieht alles aus. Am Heiligabend schließen Frau und Herr Katz erfreut und mit vereinten Kräften die Wohnungstür. Sie stellen sich vor das Fenster und schauen glücklich und selig auf das friedliche Geschehen in ihrer Wohnung. Herr Katz gibt Frau Katz einen Kuß. Jetzt ist Weihnachten.

Es fängt an zu schneien. Wie gut, daß sie sich rechtzeitig darauf eingestimmt hatten!

Alle Jahre wieder und wieder

Jasmin Valesca Lenz

Tja, jetzt ist es nun doch wieder soweit. Der Tannenbaum soll wieder ausgesucht und geschmückt werden. Meine Eltern fragen mich alle zwei Sekunden, ob ich wirklich das haben möchte oder doch lieber etwas anderes, und die Streitereien um das Schmücken des Weihnachtsbaumes gehen wieder los. Mein Vater wird wie jedes Jahr auf die elegante silberne Spitze, die aussieht wie ein massenproduzierter Silberpfeil, bestehen, und ich werde, wie immer, auf den goldenen Stern mit den wunderschönen Verzierungen plädieren. Wenn das schon alles gewesen wäre, wäre Weihnachten wunderbar und kein sozial-selbstzerstörerisches Familienmassaker. Am 25. trifft man dann die Oma und den Opa zusammen mit den tausend Onkeln und Tanten, den Cousin und die Cousine, dann wird gegessen und geredet. Die Erwachsenen reden über Dinge wie Politik und all sowas, wo man schon nach zwei Minuten den Faden verliert und man keine Ahnung mehr hat, was jetzt schlimmer ist, die Politik oder der steigende Geräuschpegel. Spätestens nachdem die Kinder mit Essen fertig sind und uns langweilig wird, werden die Geschenke ausgeteilt. Sobald dann auch der Letzte sein Geschenk hat und man sich bei den Erwachsenen und umgekehrt bedankt hat, geht es mit den Spielen los. Erst kommt UNO. Mein Onkel und ich streiten wieder um die Regeln, obwohl ich es ihm schon zu Ostern erklärt und bewiesen hatte. Dann kommen wir zu Kniffel. Die Hälfte von uns Kindern will nicht mitspielen. Ich bin mal wieder mittelmäßig gut und sitze neben der Colaquelle oder, anders gesagt, meinem Onkel, dem ich immer die Cola klaue. Als es dann immer später wird, geh ich hoch ins Gästezimmer und schlafe nach einem doch nicht so schrecklichen Tag ein.

Eine wuffige Weihnacht

Louisa Girrulat

Ich war noch nie der Weihnachtstyp. Weihnachten war für mich wie jeder andere Tag. Hauptsächlich bestand meine Weihnachtszeit darin, die Hitchcockfilme zu gucken – ich stand total auf solche alten Filmklassiker – und mir alle CDs von Bob Dylan reinzuziehen. Mittlerweile konnte ich schon die Songtexte von „Blowin' in the Wind" und „Just Like a Woman" auswendig, während ich auf der Couch lümmelte, Schokoladeneiscreme aß, Filme mit Eddie Murphy schaute und ein Buch von meinem großen Bruder las, Friedhof der Kuscheltiere von Stephen King. Ich weiß, ich bin ein Nostalgiker, mit meinen 13einhalb Jahren. Meine Mutter regte sich immer darüber auf, dass ich alles auf einmal tat. „Man könne sich doch gar nicht konzentrieren", rief sie mir immer zu, während sie in der Küche ihre berühmten Vanillekipferl verbrennen ließ. Ich nenne das Multitasking, aber jeder hat dazu seine andere Meinung, nun egal. Am Heiligabend dann stellt mein Vater immer einen kleinen, verkümmerten Weihnachtsbaum auf das Fensterbrett, behängt ihn mit roten Kugeln und silbernem Lametta und fordert mich und meine beiden jüngeren Schwestern auf, laut „Merry Christmas" zu singen. Und wenn ich dann nicht mit in den schiefen Gesang der Zwillinge einstimmte, riefen sie mir laut zu: „Lilly, du musst mitsingen!" Dann stöhnte ich auf und versuchte halbwegs den richtigen Ton anzustimmen. Das war seit Jahren Routine bei uns, ich war daran gewöhnt. Am Abend gehen wir dann immer in die Kirche und sehen uns das Krippenspiel an. Dann aßen wir gemeinsam mit meinem bereits volljährigen Bruder, dem großen Astrophysiker, und meiner Oma zu Abend einen fettigen, angebrannten Entenbraten und einen lappigen Kartoffelsalat, meiner Mutter Kochkünste sei Dank. Das war also unser Weihnachten, Jahr für Jahr, immer das gleiche. Versteht ihr nun, weshalb ich Weihnachten nicht besonders mag?

Aber dieses Jahr sollte Weihnachten für mich eine revolutionäre Änderung sein. Ich war schon immer ein ziemlicher Alleingänger gewesen. Der schlaue Kommentar meiner Mutter dazu war, ich würde nicht kontaktfreudig sein, ich meinte eher, ich wäre mein eigenes Alphatier. Einerseits war ich ziemlich froh darüber, denn wenn ich an Lelina, die kleine Freundin der Zwillinge mit den roten Haaren und dem unausstehlichen Lachen, dachte, ging mir ein Grausen über den Rücken. Andererseits war ich manchmal doch sehr einsam dadurch. Heute, am 24. Dezember, Heiligabend, genau um 18:23 Uhr, kamen wir von der Kirche nach Hause, alle durchgefroren und mit durchweichten Socken. Ich legte den Schal erst gar nicht ab, zu sehr fror es mich. Meine kleinen Schwestern sprangen und tanzten vergnügt um mich herum, sangen „Alle Jahre wieder" und zeigten kein Anzeichen von Kälte. Ich wusste auch wieso: Der nächste Schritt am Abend waren die Geschenke. Das Highlight der Weihnachtsnacht für mich. Letztes Jahr zum Beispiel habe ich alle Filme von Hitchcock bekommen in einem riesengroßen Päckchen. Was hab ich mich da gefreut! Während für andere das Schönste zu Weihnachten war, mit der Familie beisammen zu sein und Plätzchen zu essen, war mein Highlight das Geschenk. Wie gefühlskalt! Meine Schwestern bekamen ihre Geschenke zuerst. Beide bekamen das gleiche schaukelpferdgroße Plastikbabyeinhorn mit pinkfarbenen, verfitzten Haaren. Sie freuten sich riesig und ließen ihre Barbies auf den Pferden reiten. Danach kam mein Geschenk. Mein Vater ging, um es zu holen. Meine Mutter drückte meine Hand, zwinkerte mir zu und sagte: „Es ist etwas ganz Besonderes. Damit du dich nicht mehr so alleine fühlen musst, Lilly." Ich zog die Augenbrauen zusammen und sah meinen großen Bruder fragend an. Doch der lächelte mich nur an. Während Papa mein Geschenk aus dem Hausflur holte, überlegte ich, was es sein könnte. Dann kam mein Vater … mit einer Plastikkiste mit einer katzenklappenartigen Tür daran. Was sollte das jetzt? Bekam ich eine Packung Katzenstreu oder wie? „Los, sieh schon hinein", sagte mein Vater und stellte die Kiste auf dem Boden ab. Ich näherte mich zögernd, hob leicht den Klappdeckel an und … heraus sprang ein kleiner Hund mit langem, lockigem Fell, der mich Schwanz wedelnd ansah und bellte. Mir und meinen Schwestern, die fast vor Neid platzten, fielen fast die Augen aus dem Kopf. Ich konnte es einfach nicht fassen. Meine Eltern schenkten mir einen Hund. Ich nahm ihn auf den Arm und streichelte ihn über das weiche Fell. „Das ist ein Havi-Welpe. Wir haben ihn aus dem Tierheim, den Kleinen. Und jetzt gehört er nur dir. Du kannst ihm einen Namen geben", erklärte mir meine Mutter schmunzelnd, ohne Achtung auf meine Schwestern zu geben, die mir schmollend zusahen. Ich setzte mich mit dem Havi-Welpen im Schneidersitz auf das Sofa, tauchte einen American Cookie in meinen Kakao und biss hinein, während ich das unruhige Hündchen, das sich behutsam an meinen Norwegerpullover schmiegte, streichelte und suchte nach einem Namen für den kleinen Havi. Und da, als ich den Cookie im Kakao eintunkte, fiel es mir auf einmal ein. „Cookie", flüsterte ich dem Hund zu und schmiegte meine Wange an sein Fell, während der kleine Hund, der nun auf den Namen „Cookie" getauft war, aufgeregt bellte. Ein einfach perfektes Weihnachten!

Die Weihnachtsburg

Philine Eschke-Scheubeck

Der kleine Paul, viereinhalb Jahre alt, zeigte der Oma stolz seinen selbstgemalten Weihnachtswunschzettel. Die Oma erkannte darauf ein Feuerwehrauto, eine Miezekatze, einen blauen und einen braunen großen verschmierten Fleck. Die Oma deutete auf den blauen Fleck und fragte: „Ist das ein Badesee?" Paul antwortete: „Das ist das Meer im Urlaub." „Aahsoo", antwortete die Oma, und noch geradeso konnte sie, auf den braunen Fleck deutend, das Wort Rührkuchen herunterschlucken, als der Kleine sagte: „Und das ist ein Felsen mit einer Ritterburg. Die wünsche ich mir am meisten." Es wurde Weihnachten, die Familie kam zusammen, und der Weihnachtsmann verteilte die vielen Geschenke. Der kleine Paul jedoch hatte nur Augen für das eine große Paket. Und ja, es war die sehnlich erwartete Ritterburg. Er fetzte das bunte Geschenkpapier achtlos herunter und riss die Packung auf. Hm, die Burg mußte man erst aufbauen. Sie war in tausend Teile zerlegt und in hundert Beutel eingeschweißt. Oma sprang auf. „Stopp, nicht die Beutel aufreißen, sonst kullern nachher alle Teile in der Stube rum, und wir finden sie nicht wieder." Erschrocken hielt der Kleine inne. Opa beschwichtigte Oma und meinte: „Na hier, die Ritter können wir doch schon mal rausnehmen und damit spielen." Alle waren einverstanden. Oma nahm die große Kiste sicherheitshalber in Beschlag und schaute, ob man nicht auf die Schnelle eine provisorische Burg zusammenstellen könnte. Sie fand tatsächlich ein standfestes Plasteding, den Rührkuchen. Nein, der stellte tatsächlich den Felsen dar. Daran konnte sie lose einen Torbogen und ein Eckteil anstecken. Nun konnte Paul losspielen.

Die Oma kramte sich inzwischen durch die Plastebeutel in der Kiste. Verärgert schnaufte sie: „Da ist überhaupt kein System drin, die Tüten sind alle einfach mit irgendwelchen Teilen gefüllt worden! Gebt mir mal die Keksdose dort. Danke. So, jeder ißt jetzt einen Keks, dann ist die Dose leer. Ich brauch die jetzt. Da schütte ich die ganzen Kleinteile rein." Sie inspizierte die Teile und seufzte. Winzige Scharniere, irgendwelche roten Dingerchen, undefinierbarer Kleinkram und sogar ein Pinzettenwerkzeug. Die andere Oma fand die Gebrauchsanleitung und meinte, das ist was für Männer, für Ingenieure, und reichte das Heft an die beiden Opas weiter. Die blinzelten auf das Papier und wehrten ab: „Ich habe meine Brille nicht mit." Der Papa schaute auf die Anleitung und meinte: „Ich muß Paulchen jetzt ins Bett bringen, es ist schon spät, und dann habe ich Küchendienst." Da die Mama auf dem Sofa eingeschlafen war, riß die bisher bastelnde Oma der anderen Oma den Wisch aus der Hand: „Dann mach ich das eben, ich brauch noch keine Brille." Und sie vertiefte sich minutenlang in die gezeichneten Beschreibungen. „Ah, jetzt habe ich es begriffen", meinte sie und angelte sich die ersten Plastewände. Es war eine knaupelige Arbeit. Zwischen jedes Burgteil mußten zuerst mit dem Werkzeug die winzigen roten Verbindungsstücke eingeknipst werden. Und wehe, man setzte eines falsch herum ein. Dann mußte man das Teilchen mühselig wieder herauspiepeln. Bald hatte die Oma aber den Bogen heraus und baute mit wachsender Begeisterung die Burg zusammen. Was es da alles für tolle Einzelheiten gab! Falltüren, ein Gerippe im Verlies und sogar ein Geheimfach für die winzigen Mäuse! „Autsch, das Fallgitter funktioniert schon", stellte Oma fest und pustete ihren Finger. Die Opas erfreuten sich inzwischen an den Ritterrüstungen, die man den Figuren zusätzlich anstecken konnte, und an den zahlreichen Waffen. Außer Schwertern und Lanzen waren sogar zwei Morgensterne an winzigen Kettchen dabei. Die Männer duellierten sich begeistert mit den zahnstochergroßen Waffen. Sie fanden sogar eine Kanone, bauten sie zusammen und beschossen die Frauen mit Plastekugeln. „Sabotage", rief lachend die Bastel-Oma. Inzwischen war es Mitternacht. Die Tore und Fenster müßten noch mit Riegeln versehen, Fahnen und Wappen an die Burg angebracht werden. Das Beutelchen mit der Falltürkonstruktion war noch übrig. Oma blinzelte auf die kleinen Plasteteile. „Ich glaube, ich hab Sand in den Augen, ich kann nicht mehr." Auf dem Sofa rekelte sich die Schwiegertochter: „Ich will auch was bauen!" und angelte sich die Falltürtüte.

Das war eine Pfriemelei. Da mußte man sogar eine etwas kurz geratene dünne Schnur durch winzige Ösen fädeln. Endlich war das Werk vollendet. Inzwischen war es weit nach Mitternacht. Nun konnten die Erwachsenen endlich beruhigt schlafen gehen. Die Oma lächelte verschmitzt in sich hinein, das war doch wieder ein schönes Fest. Wir haben Spaß gehabt wie Kinder.

Friedlich wachte der Mond über der nun tief und fest schlafenden Familie.

Doch plötzlich, es war drei Uhr morgens, drangen laute Rufe aus dem Kinderzimmer: „Papa,

Paapa, Papaae!" Vom Schlafzimmer her schlurften Schritte rüber zum Kinderbett. „Was ist denn los, mein Sohn?" „Habt ihr die Ritterburg fertig? Darf ich jetzt endlich aufstehen und spielen?"

54

Schöne Bescherung

Hans-Dieter Weber

„Und ich Idiot habe geglaubt, dass du mich wirklich liebst. Das hätte ich nicht von dir erwartet, Cati, nach all dem, was zwischen uns beiden war. Du fällst mir in den Rücken, so wie einst der Brutus dem Cäsar. Und dann auch noch mit diesem Harry Fröhlich. Du solltest dich wirklich schämen, Cati, und …"

„Nun halt aber endlich mal die Luft an, Siggi, und höre mit deinen albernen Vergleichen auf. Muss ja nicht gleich jeder merken, dass du Geschichte studierst", begann sie sich zu verteidigen, nachdem ich wütend auf sie eingeredet hatte. „Woher weißt du eigentlich so genau, dass ich mit diesem Herrn ... Fröhlich ein Verhältnis habe? Soll ich dir mal was sagen? Ich kenne ihn überhaupt nicht. Wer hat dir nur diesen Bären aufgebunden?"

Immer wenn sie wütend war, fand ich sie besonders verführerisch. Doch das durfte ich ihr in diesem Moment natürlich auf gar keinen Fall zeigen. Deshalb polterte ich weiter: „Ach so, du kennst Herrn Fröhlich gar nicht. Ich glaube, du solltest mal etwas mehr Ordnung in deine Liebhaber bringen. Man hat euch beide zufälligerweise eng umschlungen in der Stadt gesehen. Und sein Auto steht wohl auch nicht ganz ohne Grund so oft vor deiner Wohnung", warf ich ihr an den Kopf.

„Wer ist es denn, der mich da gesehen haben will? Nun sage bloß noch, es war deine alte Freundin, diese Susi." Cati setzte sich neben mich auf die Couch und schaute mir in die Augen. Sie wusste natürlich ganz genau, dass ich dann immer schwach wurde. So auch dieses Mal. Ich spürte, wie meine Wut langsam verrauchte. Gegen ihre Waffen war ich irgendwie machtlos, so wie einst die Römer gegen die Elefanten des Hannibal. Woher wusste sie, dass ich den Hinweis von Susi bekommen hatte? Sie hatte mich an meiner empfindlichsten Stelle getroffen. Ich hatte ihr in einer schwachen Stunde einmal von Susi erzählt. Die war früher mal hinter mir her gewesen. Doch was sollte ich mit solch einem Mauerblümchen anfangen? Die hatte doch noch nie einen Mann gehabt. Natürlich ließ ich sie abblitzen.

„Und wenn es wirklich Susi war, was tut das zur Sache?", brummte ich sie, schon etwas versöhnlicher gestimmt, an.

Ich merkte, dass ich nun selber in der Falle saß und die Legionen gegen mich aufmarschierten.

„Du Dummerchen, glaubst wohl auch alles, was dir diese Susi zuträgt. Merkst du denn nicht, dass die nur einen Keil zwischen uns treiben will? Die Sache mit diesem … Harry Fröhlich ist doch von vorne bis hinten erlogen", verteidigte sich Cati nun energisch.

Sie strich die langen blonden Haare aus ihrem Gesicht und zündete sich eine Zigarette an.

„Und was ist mit dem Auto?", fragte ich kleinlaut weiter. „Mensch Siggi, ich wohne an einer Hauptstraße. Da stehen jeden Tag Hunderte Autos. Ich sage dir noch einmal klar und deutlich", dabei blies sie mir den Rauch ihrer Zigarette ins Gesicht, so dass ich husten musste, „ich kenne keinen Harry Fröhlich und habe demzufolge auch kein Verhältnis mit ihm."

Sie stand von der Couch auf, öffnete das Fenster und schaute hinauf zum sternenklaren Abendhimmel. Ich saß wie ein begossener Pudel da. Sollte mir Susi da tatsächlich einen Floh ins Ohr gesetzt haben? Zuzutrauen wäre es ihr. Aber wie ist sie nur auf Harry Fröhlich gekommen? Jetzt fiel es mir ein.

Der ist doch Arzt an der Universitätsklinik. Den Dr. Fröhlich kannte sie wahrscheinlich von ihrem Medizinstudium her. Das hatte sie sich wahrscheinlich einfach nur ausgedacht, um Cati und mir eine auszuwischen. Frauen, denen man einmal einen Korb gegeben hat, sind bekanntlich unberechenbar. Und ich Blödmann falle auf so was auch noch herein. Wie naiv ich mit meinen fünfundzwanzig Jahren immer noch bin. Eigentlich müsste ich doch langsam genügend Lebenserfahrung gesammelt haben, um solch eine Intrige zu durchschauen. Ich ging zu Cati rüber ans Fenster und legte meinen Arm um ihre Schulter. Die Luft, die durch das offene Fenster hereinströmte, war empfindlich kalt, eine Woche vor Weihnachten.

„Komm, Cati, du erkältest dich noch", sagte ich zärtlich zu ihr und versuchte, sie sanft zurück auf die Couch zu ziehen.

Doch sie blieb stur am Fenster stehen und schob meine Hand beiseite. Sie weinte.

„Ich bin von dir sehr enttäuscht, Siggi", sagte sie mit schluchzender Stimme.

„Da reicht es schon, dass diese Susi etwas behauptet, und schon ist es vorbei mit deiner Liebe. Lass mich jetzt bitte alleine."

Wie Napoleon einst in Moskau, trat ich den ungeordneten Rückzug an. Ich schämte mich vor ihr und spürte, dass es keinen Sinn hatte, weiter auf sie einzureden. Ich nahm meine Jacke von der

Couch und ging mit hängenden Schultern langsam zur Tür. Ich drehte mich noch einmal zu ihr um. Sie stand immer noch vor dem weit geöffneten Fenster, so als wolle sie jeden Moment hinausspringen.

„Du, ich gehe jetzt wirklich", sagte ich traurig.

Doch ich bekam keine Antwort. Ich zog die Wohnungstür hinter mir zu. Was hatte ich da bloß wieder angerichtet, und das alles eine Woche vor Weihnachten.

In meiner kleinen Studentenbude sah es überhaupt noch nicht weihnachtlich aus. Ich habe kein glückliches Händchen für so was. Im Grunde bestand meine „Wohnung" nur aus einem einzigen Raum, Dusche und Klo auf dem Flur. Die kleine Küche musste ich mir mit Thomas und Zwerg teilen. Zwerg war in Wirklichkeit fast einen Meter neunzig groß, also ein Riese. Er, Thomas Fritsch und ich wohnten zusammen in der WG. Zwerg studierte Maschinenbau und Thomas Medizin. Durch Thomas hatte ich Susi kennengelernt. Sie waren beide im selben Studienjahr. Als ich mich für das Geschichtsstudium entschieden hatte, suchte ich eine bezahlbare Wohnung. Von meinen Eltern konnte ich nicht mehr viel Unterstützung erwarten.

Vater hatte zu mir gesagt: „Also bitteschön, wenn es unbedingt Geschichte sein soll, dann ist das deine Entscheidung. Erwarte aber bitte nicht noch von uns, dass wir dir diese brotlose Kunst auch noch finanzieren."

Ganz so hart kam es dann allerdings doch nicht. Meine Eltern gaben mir an jedem Monatsersten zweihundert Euro dazu. Aber damit kam ich natürlich nicht über die Runden. So wie einst der Sonnenkönig in Versailles konnte ich damit nicht leben. Deshalb suchte ich mir einen Job, den ich zeitlich mit meinem Studium vereinbaren konnte. Ich kellnerte zweimal die Woche in der Alchimistenklause. Und Bafög bekam ich ja auch noch. So kam ich einigermaßen klar. Und wenn es wirklich mal knapp wurde, konnte ich bei Zwerg immer einen kleinen Überbrückungskredit aufnehmen.

„Wir Studenten müssen zusammenhalten", war seine Meinung.

War natürlich sehr anständig von ihm. Aber die zehn Prozent Zinsen, die er dafür verlangte, sprachen eine andere Sprache. Irgendwie und irgendwoher hatte Zwerg immer Geld. Ich glaube, er bekam es von seinen Eltern. Sein Vater war ein hohes Tier bei der Deutschen Bank. Da waren ihm die Geldgeschäfte quasi schon in die Wiege gelegt worden. Die Medici in Florenz, die hatten ja bekanntlich auch mal ganz klein angefangen. Von Thomas konnte ich dagegen kaum finanzielle Hilfe erwarten. Der war ab Monatsmitte selber so blank, wie einst das Tafelsilber am Hofe des Alten Fritz. Warum der Medizin studierte, konnte er mir nicht erklären. Wahrscheinlich wollte er damit seinen Eltern einen Gefallen tun. Thomas stammte aus einer großen Familie und hatte noch fünf Geschwister. Er wollte unbedingt Arzt werden, obwohl er kein Blut sehen konnte. Als ich mir einmal den Finger in der Tür gequetscht hatte, da musste ich den Verband selber anlegen. Thomas stand nur daneben und war völlig hilflos. Selber hatte ich noch keine konkreten beruflichen Vorstellungen. Aber irgendwas mit Geschichte sollte es schon sein. Herr Lange, mein Geschichtslehrer auf dem Gymnasium, verstand es einfach, uns Schüler zu begeistern. Als ich mich nach dem Abitur für eine Studienrichtung entscheiden musste, da kam für mich nur Geschichte in Frage. Mittlerweile studierte ich schon im sechsten Semester. Ich machte mir aber über meine Zukunft noch gar keinen Kopf. Der Mensch denkt und Jupiter lenkt, sagten nicht ohne Grund schon die alten Römer.

Nur noch bis Mittwoch, dann gab es endlich Semesterferien. In diesem Jahr wollte ich nicht wieder zu meinen Eltern fahren. Ich hatte mir vorgenommen, hierzubleiben und Weihnachten mit Cati zu verbringen. Doch das konnte ich nun wahrscheinlich abhaken. Cati kannte ich seit gut einem Jahr. Wir hatten uns auf dem Medizinerball kennengelernt. Eigentlich war ich ja mit Susi dort gewesen, aber dann fiel mir Cati auf. So sexy, wie sie war, stach sie die anderen Mädchen aus. Cati war damals schon fertig mit ihrem Studium. Sie hatte an der Uni Informatik studiert und arbeitete in der Computerbranche. Sie verdiente schon richtig Geld und konnte sich eine eigene Wohnung und ein kleines Auto leisten. Irgendwie hatte sie an diesem Abend auf dem Medizinerball wohl auch ein Auge auf mich geworfen. Von ihrem damaligen Freund frisch getrennt, suchte sie ein neues Abenteuer. Und ich war froh, mich endlich von Susi verabschieden zu können. So trösteten wir uns gegenseitig. Wenn Blicke töten könnten, dann wäre ich an diesem Abend wohl den Heldentod gestorben. Susis Wut war unübersehbar, als ich mit Cati abschob. So hatte ich Cati damals im Sturm erobert. Das nahm ich jedenfalls an, als ich mich am nächsten Morgen von ihr verabschiedete. Eine heiße Nacht lag hinter uns, und in mir tanzten die Gefühle Walzer, so wie 1815 die Fürsten auf dem Wiener Kongress. Bald schon merkte ich aber, dass allein ich es war, der unsere Beziehung am Kochen hielt. Cati konnte lieb und zärtlich sein, so wie eine Katze. Doch es gab von Anfang an irgendwas, das zwischen uns stand. Manchmal hatte ich das Gefühl, dass Cati Geheimnisse vor mir hatte. Aber dann sagte ich mir wieder, sei doch froh alter Junge, solch eine attraktive Freundin zu haben. Rom wurde schließlich auch nicht an einem Tage erbaut. Immerhin gingen wir schon über ein Jahr miteinander und ich war immer noch heiß verliebt.

Weil Weihnachten nicht mehr fern war, hatte ich mir vorgenommen, endlich mal mein Zimmer aufzuräumen. Die überall herumliegenden Sachen passten wohl nicht so richtig in mein spießbürgerliches Bild von einem gemütlichen Weihnachtsfest. Ich fand in einer Schublade sogar zwei Kerzen, jedoch keinen passenden Leuchter dazu.

„Kann ich mir deinen Kerzenständer borgen?", fragte ich Zwerg, der gerade in der Küche sein Abendbrot mampfte.

„Ich schaue nachher mal nach. Bin doch Weihnachten sowieso zu Hause", sagte er mit vollem Mund.

Sollte ich Weihnachten vielleicht nicht doch lieber zu meinen Eltern fahren? Ich überlegte. Aber Weihnachten ist doch das Fest der Vergebung und der Liebe. Vielleicht eine gute Gelegenheit, sich mit Cati wieder zu versöhnen? Schon seit Tagen legte sie den Hörer auf, wenn ich sie anrief. Oder sie drückte den Anruf gleich weg, wenn sie meine Nummer sah. Sie war immer noch sauer und ich konnte sie im Grunde ja auch ganz gut verstehen. Sollte ich ihr vielleicht ein Rauchzeichen geben, so wie einst die Indianer in der Prärie? Einmal hatte ich schon an ihrer Wohnungstür geklingelt. Doch sie öffnete nicht, obwohl ich mir ganz sicher war, Licht in ihrem Fenster gesehen zu haben. Ihr knallroter Corsa stand auch vor dem Haus. Und ohne ihr Auto setzte sie doch keinen Fuß vor die Tür.

Aber mir fehlte noch eine zündende Idee, wie ich das mit der Versöhnung anstellen könnte. Und an allem war nur diese blöde Susi schuld.

„Mensch Siggi, sieht ja richtig weihnachtlich aus“, frotzelte Thomas, der in mein Zimmer schaute, weil er sich wieder mal mein Fahrrad ausborgen wollte.

„Fährst du denn Weihnachten nicht nach Hause?“, fragte er erstaunt.

„Nee, wahrscheinlich nicht. Aber so ganz genau kann ich das noch nicht sagen“, antwortete ich verlegen.

„Wann kaufst du dir endlich selber mal ein Fahrrad?“, versuchte ich das Thema zu wechseln.

„Das will ich mir echt für das neue Jahr vornehmen“, neckte er mich.

Ich steckte ein paar Tannenzweige in die Vase, die ich mir von Frau Schröder von nebenan schnell noch ausgeliehen hatte. Drei rote Glaskugeln hatte ich mir von Zwerg geborgt, so dass ich mit meinem „Weihnachtsbaum“ eigentlich ganz zufrieden war.

„Wollen wir uns nicht einen Glühwein genehmigen?“, regte Thomas an.

„Warum nicht? Hast du welchen?“

„Im Kühlschrank steht eine angefangene Flasche, ich glaube, die ist von Zwerg. Er wird schon nichts dagegen haben“, sagte Thomas und ging in die Küche.

Wir schütteten den Rest in einen Topf und erhitzten ihn vorsichtig. Bald roch die ganze WG herrlich nach Glühwein. Da klingelte es an der Wohnungstür.

„Bestimmt für mich“, rief Thomas und schlurfte zur Tür.

Es war Susi, auch seine alte Bekannte von der Uni.

„Na ihr feiert wohl heute schon Weihnachten?“, versuchte sie ein Gespräch mit mir anzufangen.

„Nee, wir suchen Ostereier“, erwiderte ich mürrisch.

„Willst du auch einen Glühwein, Susi?“, fiel mir Thomas ins Wort.

„Klar, wenn es euch nichts ausmacht“, sagte Susi, die durch mein mürrisches Verhalten sichtlich verunsichert war.

Wir setzten uns zu dritt in die Küche und tranken unseren Glühwein.

„Habt ihr vielleicht noch irgendwo eine Kerze?“, fragte uns Susi.

„Nee, haben wir nicht“, erwiderte ich betont unfreundlich. „Ich schau gleich mal nach, bin sofort wieder da“, sagte Thomas und huschte aus der Küche.

„Was ist denn mit dir los?“, fragte sie mich.

„Was soll schon los sein? Ich überlege, ob ich einer Lügnerin lieber den Hals umdrehen oder sie aus dem Fenster werfen soll. Vom Fenstersturz zu Prag hast du doch sicherlich schon mal was gehört?", maulte ich sie an.

„Soll ich vielleicht diese Lügnerin sein?" Ihre kleinen grünen Augen funkelten mich böse an.

„Kann schon sein", antwortete ich.

„Du spinnst wohl heute ein bisschen, Siggi? Das will ich aber geklärt haben, das mit der Lügnerin."

Da kam Thomas mit einer Kerze zurück.

„Weshalb ich eigentlich gekommen bin, Thomas, hast du Mitschriften von den letzten drei Anatomie-Vorlesungen?"

„Glaub schon", antwortete Thomas und goss Susi den Rest Glühwein ein. „Ich schau gleich mal nach."

Nachdem ich mein Glas ausgetrunken hatte, wollte ich in mein Zimmer gehen.

„Ich will das geklärt haben, Siggi. Ich melde mich nachher noch mal bei dir", sagte Susi und ging rüber zu Thomas. Blöde Kuh, tut so, als wenn sie nichts davon wüsste. Zehn Minuten später klopfte es an meiner Zimmertür, und Susi fragte, ob sie hereinkommen dürfe.

„Wenn es denn unbedingt sein muss", erwiderte ich unfreundlich.

Sie setzte sich auf einen Stuhl und schlug die Beine übereinander. Das sollte wahrscheinlich lässig wirken.

„Nun erkläre mir bitte, wieso ich eine Lügnerin sein soll." Ihre Stimme zitterte.

„Sag mal, bist du so blöd oder verstellst du dich nur?", fuhr ich sie an. „Du weißt doch ganz genau, wovon ich vorhin geredet habe. Du hast mir doch eingeredet, Cati hätte ein Verhältnis mit diesem Dr. Fröhlich."

„Das habe ich dir nicht eingeredet, Siggi, sondern das habe ich mit meinen eigenen Augen gesehen. Deine ach so unschuldige Cati und unser Dr. Fröhlich standen Hand in Hand verliebt am Hansering", verteidigte sich Susi.

„Und seinen silbergrauen Mercedes habe ich auch schon vor ihrem Haus gesehen", fuhr sie fort.

„Das kann ja wohl schlecht sein, wenn Cati diesen Herrn Fröhlich überhaupt nicht kennt", fuhr ich sie an. „Ich habe sie nämlich gefragt. An deinen Behauptungen ist überhaupt nichts Wahres dran. Weißt du, was ich glaube? Du bist in Wirklichkeit nur eifersüchtig auf Cati und versuchst sie schlecht zu machen. Doch mit deinen Verleumdungen wirst du nicht weit kommen. Am Ende siegt immer die Wahrheit, das hat schon Konfuzius gesagt", warf ich ihr an den Kopf. Sie schluckte und schaute mich wütend an. Ihre kleinen grünen Augen funkelten böse wie bei einer Hexe.

„Träum du nur weiter, Siggi. Dir ist wirklich nicht mehr zu helfen. Deine Cati betrügt dich, und du verteidigst sie auch noch", giftete sie mich an.

„Verschwinde", schrie ich zurück und riss die Zimmertür weit auf.

„Worauf du dich verlassen kannst", meckerte sie beleidigt und stürzte hinaus.

Ich schloss die Tür und atmete erst einmal tief durch. Dann öffnete ich das Fenster, um den ganzen Hexenspuk herauszulassen. Wie bösartig ungeliebte Frauen sein können. Ich nahm mir vor, jeglichen Kontakt zu Susi abzubrechen.

„Was war denn mit euch los?", fragte mich Thomas, als ich ihm in der Küche begegnete.

„Ach nichts, habe nur einer alten Hexe das Handwerk gelegt. Während der Inquisition hätte man die auf dem Scheiterhaufen verbrannt."

Langsam beruhigte ich mich wieder. Dieser Lügnerin hatte ich es aber gegeben. Jetzt musste ich mich nur noch mit Cati versöhnen.

Schon am nächsten Morgen kam mir die Erleuchtung. Ich nahm mir vor, Cati am Heiligen Abend zu überraschen. Und zwar so, dass sie mich nicht gleich erkennen würde. Was lag da näher, als den Weihnachtsmann zu spielen. Dann würde sie mir bestimmt nicht mehr böse sein. Doch ich hatte noch nie einen Auftritt als Weihnachtsmann. Aber es waren ja noch vier Tage Zeit bis zum Heiligen Abend. Ich kaufte mir preiswert einen gebrauchten roten Mantel, eine rote Zipfelmütze mit weißer Bommel und eine Weihnachtsmannlarve mit Rauschebart. So würde sie mich bestimmt nicht erkennen. In dieser Verkleidung hätten mir wahrscheinlich sogar die Trojaner ihr Stadttor geöffnet. Von Thomas lieh ich mir seine schwarzen Stiefel aus.

„Wozu brauchst'n die?", fragte er mich interessiert. „Du willst doch nicht etwa Weihnachtsmann spielen?"

„Doch Thomas, genau das habe ich vor. Aber das bleibt bitte unter uns."

Lange stand ich vor dem Spiegel und probierte meine Verkleidung an. Der Mantel war mir etwas zu groß. Ich holte Mutters Nähzeug aus dem Schubfach und löste das Problem gleich selber. Unter der Larve bekam ich schlecht Luft, so dass ich die Öffnungen für Nase und Mund mit der Schere etwas vergrößern musste. Dann probierte ich noch einmal aus, mit tiefer Bassstimme zu sprechen: „Willst du auch immer artig sein?"

Am nächsten Morgen fuhren Thomas und Zwerg nach Hause.

„Frohes Fest, Siggi. Und nasche nicht wieder so viel", gab mir Thomas als angehender Arzt mit auf den Weg.

„Würde es dir viel ausmachen, ab und zu meine Grünpflanze zu gießen?", fragte mich Zwerg beim Abschied.

„Geht klar. Und tschüss."

Endlich alleine. Ich genoss die Ruhe, spazierte durch alle Zimmer und stellte das Radio an. Auf allen Sendern kam Weihnachtsmusik.

Noch in der Nacht begann es zu schneien. Lustig wirbelten die Flocken vom Himmel herab. Ich hatte mein letztes Geld zusammengekratzt und für Cati ein Geschenk besorgt. Als Weihnachtsmann konnte ich schließlich nicht mit leeren Händen kommen. Einen silbernen Ring und ein goldenes Kettchen mit einem Herzanhänger ließ ich mir im Geschäft festlich verpacken.

„Da wird sich Ihre Freundin aber sicher sehr freuen", sagte die blonde Verkäuferin.

Woher wusste sie, für wen das Geschenk bestimmt war? Na ja, so schwer war das ja auch wieder nicht zu erraten. Ich kaufte noch ein paar Süßigkeiten. Schließlich kannte ich ihre Vorliebe für Marzipan.

Endlich Heiliger Abend. Am Nachmittag putzte ich die schwarzen Stiefel blitzblank.

Sagte nicht schon der Alte Fritz zu seinen langen Kerls: „Soldaten, wir können die Schlacht auch verlieren, aber niemals mit ungeputzten Stiefeln."

Gut gelaunt legte ich in meinem Zimmer alle Sachen zurecht. Zur Feier des Tages briet ich mir Spiegeleier. Draußen begann es zu dämmern. Die weißen Flocken umtanzten die erleuchteten Straßenlaternen. Das richtige Wetter für einen Weihnachtsmann. Ich zog mich an und setzte die Weihnachtsmannlarve auf.

„Ho, ho, ich komme von draußen her", probierte ich noch einmal meine Bassstimme aus.

Cati würde bestimmt staunen. Ich holte mein altes Fahrrad aus dem Keller, pumpte Luft auf und kam schnell ins Schwitzen. Als Weihnachtsmann hat man es wirklich nicht leicht. Doch dann war ich endlich fertig und radelte los. Wenn alles gut ging, konnte ich es in zehn Minuten schaffen. Doch ich hatte die Rechnung ohne die vereisten Fahrradwege gemacht. An der Kreuzung hätte ich mich beinahe hingelegt. Erst im letzten Moment konnte ich mit den schweren Stiefeln von Thomas bremsen. Dann sah ich ihr Haus. Im Fenster erstrahlte ein Weihnachtsbaum, sie war also zu Hause. Mir fiel ein Stein vom Herzen. Ich stellte mein Fahrrad im Hausflur ab und stapfte die Treppe hinauf. Vor ihrer Tür klopfte ich den Schnee von meinen Sachen und rückte die Weihnachtsmannlarve zurecht. Dann pochte ich dreimal an.

„Aufmachen, der Weihnachtsmann ist da."

Nichts rührte sich, so dass ich noch einmal anklopfen musste. Plötzlich steckte Cati ganz erstaunt ihr hübsches Köpfchen durch den Türspalt. Mit großen Augen schaute sie mich überrascht an.

„Ho, ho, ho, ich komme von weit her und bitte um Einlass, um meine kalten Füße aufzuwärmen", brummte ich mit verstellter Bassstimme.

Plötzlich leuchteten Catis Augen auf.

„Na dann komm doch herein, lieber Weihnachtsmann", sagte sie freundlich und öffnete ihre Wohnungstür.

In ihrer Wohnung war es angenehm warm. Langsam taute ich nach meiner eisigen Fahrradtour wieder auf. Im Wohnzimmer brannten Kerzen, der hell erleuchtete Weihnachtsbaum sah prächtig aus. Aus dem Radio erklangen Weihnachtslieder. Cati war alleine. Sie stellte das Radio leiser.

„So eine Überraschung. Das hätte ich ja nun wirklich nicht erwartet", hörte ich sie sagen.

Durch die Augenschlitze meiner Larve sah ich sie im Kerzenlicht neben dem Weihnachtsbaum stehen. In ihrem weißen Pullover und der geringelten Strumpfhose sah sie sexy aus. Ich registrierte, dass sie bereit war, das Spiel mit dem Weihnachtsmann mitzuspielen. Deshalb wurde ich mutiger.

„Warst du auch immer artig?", fragte ich sie.

„Sieht man mir das denn nicht an?", antwortete sie schelmisch. „Außerdem weißt du das doch selber am besten."

Ich hielt es für klüger, das Thema zu wechseln und fragte, ob sie ein Weihnachtsgedicht aufsagen könne. Wie ein Engel stand sie vor mir und flötete: „Lieber guter Weihnachtsmann, schau mich nicht so böse an …"

„Und ein Weihnachtslied kannst du vielleicht auch noch singen?"

Mit ihrer hellen Stimme sang sie das Lied vom Tannenbaum, so dass mir ganz warm ums Herz wurde.

„Weil du immer so artig warst, brav dein Gedicht aufgesagt und auch noch ein Lied gesungen hast, will dir der Weihnachtsmann nun ein kleines Geschenk überreichen", brummte ich.

Ich nahm das Säckchen von meiner Schulter, öffnete es umständlich und drückte Cati das in rotes Papier eingewickelte Päckchen in die Hände. Sie brauchte eine Weile, um das goldene Band zu öffnen. Ihre großen Augen leuchteten, als sie das Kästchen aufklappte, in dem der silberne Ring und das Goldkettchen mit dem Herzanhänger lagen.

„Und Marzipan hast du mir auch noch mitgebracht, lieber Weihnachtsmann", rief sie erfreut.

Ich merkte, dass ich mit meinen Geschenken voll ins Schwarze getroffen hatte. Cati war selig und freute sich wie ein kleines Kind. Ich beglückwünschte mich zu meiner Idee, Cati als Weihnachtsmann zu überraschen. Ich spürte, dass nun wieder alles wie früher sein würde und der blöde Streit endgültig vergessen war. Ich fühlte mich wie Alexander der Große nach seinem Sieg über die Perser.

„Vielen Dank, liebster Weihnachtsmann. Da hast du die kleine Cati aber sehr glücklich gemacht", flüsterte sie mir ins Ohr. „Nun hast du dir aber auch eine kleine Belohnung verdient."

Mit diesen Worten schob sie mich sanft rüber in ihr Schlafzimmer und begann meinen roten Mantel aufzuknöpfen. Ich half ihr dabei und zog die schweren Stiefel aus. Sie streichelte mich zärtlich und streifte mir die letzten Kleidungsstücke ab. Ein nackter Weihnachtsmann stand nun vor ihr, nur noch die rote Zipfelmütze und die Weihnachtsmannlarve waren mir geblieben. Ich zog Cati den weißen Pullover und die geringelte Strumpfhose aus. Das Feuer der Lust packte mich, so dass es mir immer schwerer fiel, die Weihnachtsmannrolle weiter zu spielen. Ihre langen Haare dufteten betörend. Ich hielt es nicht mehr länger aus und eroberte die Festung im Sturmangriff, so wie einst die Osmanen Konstantinopel. Völlig erschöpft lag ich danach in ihren Armen und hörte ihr Herz schlagen. Ich war selig. Cati ging es wohl ebenso. Entspannt streichelte sie meine Brust.

„Was ich dir noch sagen will, Harry, das mit dem Weihnachtsmann, das war wirklich eine tolle Idee von dir." Es durchzuckte mich wie ein Blitz. Hatte sie da eben Harry zu mir gesagt? Ich fühlte mich wie Cäsar, als ihn die einundzwanzig Messerstiche der Senatoren trafen. Ich riss die Larve von meinem Gesicht und die Zipfelmütze vom Kopf. Cati schrie auf. Ich zog mich in Windeseile an und rannte wie ein Irrer Hals über Kopf aus ihrer Wohnung hinaus.

One Moment

Hannah Ketscher

Dichte Atemwölkchen hingen über unseren Köpfen und verdeutlichten, wie kalt es in der Kirche war.

Vor den großen Glasfenstern tanzten die Flocken vom Himmel. Ich sah ihnen dabei zu, bis ein Stuhl knirschend über den Steinboden geschoben wurde und eine Frau mittleren Alters aufstand. Ihre langen braunen Haare, die durch einzelne graue Strähnen durchzogen wurden, fielen ihr bis zum Po. Auf ihrem Kopf thronte ein Turban aus lilafarbenem Stoff. Mit zusammengekniffenen Augen musterte ich sie und folgte ihren flüssigen Bewegungen. Die Frau nahm ein Blatt zur Hand, hustete leicht und sagte dann in angenehmem Tonfall: „Willkommen zum diesjährigen Adventssingen." Die Gemeinde klatschte. Geduldig wartete sie, bis es wieder ein wenig ruhiger wurde und fuhr dann fort: „Wie jedes Jahr möchte ich auch heute eine Geschichte erzählen. Lange habe ich überlegt, worüber ich berichten könnte, bis mir vor zwei Tagen meine Tochter entgegen kam und sagte: ,Mama, weißt du was? In der Schule haben sie über die Geschichte des Nikolaus erzählt. Dass er drei armen Schwestern ermöglicht hatte zu heiraten und so weiter.' Und ab dem Punkt war es für mich leicht. Denn manche Geschichten über ihn sind lange verborgen geblieben, aber ihr sollt sie erfahren." Mit diesen Worten setzte sich die Frau wieder, strich über ihren Filzmantel und begann zu erzählen. Und jeder der ihr zuhörte, wurde sofort eingehüllt und in eine andere, magische Welt getragen. In der alten Kirche, mit den deutlichen Rissen an den himmelblauen Wänden, herrschte Stille. Alle hingen an ihren Lippen. Ab und zu schrie irgendwo ein Baby, doch das brachte niemanden aus der Fassung. Nach einer guten Stunde beendete die Frau die Geschichte über den Nikolaus und erhielt dafür tosenden Applaus. Ich

war begeistert und hatte sogar die Kälte ganz vergessen.

Dann folgte der zweite Programmpunkt an diesem ersten Adventsabend. Die Gemeinde nahm das Liederbuch in die Hand. Die Tochter der Frau begann, auf ihrer Flöte die ersten Akkorde zu spielen. Dann setzten die Stimmen ein. Zuerst sangen wir „Oh du Fröhliche", danach „Stille Nacht" und noch ein paar andere Lieder. Und während das geschah, standen wir Kinder auf, holten uns eine weiße Kerze, die in einem Apfel steckte, und liefen langsam durch die Schnecke aus Tannenzweigen, welche am Boden der Kirche ausgelegt worden war. Dann zündeten wir sie an einer größeren an und suchten für sie einen Platz inmitten von Tannen und glitzernden Steinen. Letztendlich erstrahlte die ganze Kirche in hellem Glanz, und es löste so viele Gefühle in mir aus, dass ich nicht imstande war, sie alle zu benennen. Der letzte Akkord wurde gespielt, und die Gemeinde verstummte. Stille breitete sich aus. Angenehme Stille. Die ersten Menschen erhoben sich von ihren Bänken und begannen, mit ihrem Nebenmann zu flüstern.

Dann erwachte das Leben, und alle stürmten zum kleinen, beschaulichen Basar und nahmen sich Dinge, die ihnen ein kleinwenig die Weihnachtszeit versüßen sollten. Der Punsch dampfte aus den Tassen und erfüllte die Kirche mit einem süßlichen Duft. Genüsslich zog ich ihn durch die Nase ein und schloss für ein Bruchteil die Augen. Die vielen Stimmen kamen mir auf einmal ganz weit weg vor, und in dieser Sekunde fühlte ich mich so sicher und geborgen wie schon lange nicht mehr. Und ich dachte nicht an morgen oder was

in zwei Tagen passieren würde, sondern genoss einfach nur den Moment.

Du bekommst, was du gibst

Rüdiger Paul

Heiligabend. Als Weihnachtsmann verkleidet, gehe ich zufällig an einem kleinen Merseburger Bistro vorbei. Durch die beschlagene Scheibe sehe ich eine einsame Gestalt über einem schaumlosen Bierglas hängen.

Sie umgibt die Aura einer niederbrennenden Kerze.

An der großen Fensterscheibe, direkt neben der Tür, blinkt monoton eine ostasiatische Sternschnuppe. Sendet ihre Signale, mittelt, zwischen draußen und drinnen.

Hier kann doch der Weihnachtsmann nicht einfach vorbeigehen.

Also drücke ich die Klinke herunter, öffne die Tür und trete ein. Rot bemäntelt, gestiefelt und mit einer Rute in der Hand stehe ich etwas verlassen im Lokal.

Es tut gut, hier zu sein, denn in dem hohen Raum herrscht Wärme. Wärme, die man von außen durch die Scheiben nicht sehen kann. Hier drinnen kann man sie spüren.

Nur zögernd nimmt der vermeintlich müde Gast meine Gestalt wahr.

Plötzlich entfährt ihm, sichtlich überrascht, leise das Wort: „Weihnachtsmann".

Über den Tisch reiche ich ihm die Hand, er schiebt seine am Bierglas und der flackernden Kerze vorbei.

Wir geben uns die Hände, und ich wünsche eine „Frohe Weihnacht".

In meiner Hand befindet sich eine Walnuss, welche nun ihren Besitzer wechselt.

In seiner geöffneten Handfläche hält der unbekannte Gast behutsam diese Nuss. Schaut sie sich an. Freude zeigt sich in seinem Gesicht.

Bevor die Tür hinter mir ins Schloss fällt, höre ich noch den Satz: „Dass ich heute noch etwas geschenkt bekomme."

Weihnachten 2015

Birgit Gerlach

Die Autobahn war fast leer, der Wagen glitt durch die sonnenüberflutete hügelige Landschaft, das Radio dudelte. Es war Weihnachten. Die Säcke mit den Geschenken, es passte unmöglich alles in einen, hatten wir bereits am Vorabend im Kofferraum verstaut. Nach einem gemütlichen Frühstück waren wir aufgebrochen. Von Kilometer zu Kilometer fiel der Stress der letzten Tage und Wochen von unseren Schultern, und es machte sich eine heitere Gelassenheit breit. Bayern 3 sendete Nachrichten. Wieder hatte eine Flüchtlingsunterkunft gebrannt. Dieses Mal nicht in Sachsen oder Sachsen-Anhalt, von der Presse als rechtradikal und sich vernachlässigt fühlend gehandelt, sondern im friedlichen, ausgeglichenen Baden-Württemberg. Keiner im Auto hatte Lust, die Nachricht zu kommentieren. Zu viele, schier nicht enden wollende Diskussionen über das Flüchtlingsthema hatten den unruhigen Herbst und die Vorweihnachtszeit begleitet. Der familiäre Abendbrottisch hatte einer Talkrunde verschiedener politischer Fraktionen geglichen. Die Jugend wollte sofort helfen, ohne Wenn und Aber. Die Elterngeneration war eher für Abwägen, erst einen tragbaren Plan machen, dann handeln. Es hatte nervenzerreißende Meinungsverschiedenheiten gegeben. Die Jungen engagierten sich in der freiwilligen Flüchtlingshilfe, die Alten kämpften täglich in einem Wust von Vorschriften, Möglichkeiten und Notwendigkeiten, um der Herausforderungen Herr zu werden. Jetzt war Weihnachtsfrieden.

Wir verließen die Autobahn und fuhren dem Familienfest entgegen. Die Straße wand sich den Berg hinab und tauchte in das Tal ein, in dem malerisch an den Berghängen die Häuser der kleinen Stadt klebten. Alles war wie geleckt und wunderschön weihnachtlich geschmückt. Wir überquerten den Fluss, fuhren wieder ein kleines Stück bergauf und erreichten das am Hang gelegene Anwesen unserer Verwandtschaft. Schwanzwedelnd begrüßte uns der Hund, und ein großer Topf schmackhafter Hühnersuppe erwartete die Gäste. Das große

Wohnzimmerfenster gab einen herrlichen Blick über das von der Wintersonne beschienene Tal frei. Der Fluss glitzerte, und die Häuser erinnerten an eine Spielzeugstadt. Die Industriebetriebe des wohlhabenden Ortes entzogen sich dem Blick des verzückten Betrachters. Hinter den sieben Bergen taten sie ihre Arbeit. Genau auf dem Berg gegenüber war eine Standseilbahn zu sehen, die von den Einwohnern Russenrutsche genannt wird. Sie verbindet eine Plattenbausiedlung, die schemenhaft auf dem Bergrücken zu erahnen ist, mit dem Stadtzentrum. Zu Beginn der neunziger Jahre wurden dort Umsiedler aus Russland einquartiert. Jetzt rutschen mit der Bahn nicht nur Irinas und Serjoschas, sondern auch Ranas, Abduls, Nurs und Mohameds vom Berg in die Stadt hinab.

Von Westen her rollte ein für den heutigen Besuch sorgsam handpolierter dunkelroter Kleinwagen auf die Stadt zu.

Nach dem Abbiegen musste Hanna die Sonnenblende herunterklappen. Zur Feier des Tages war sie heute Morgen noch schnell beim Friseur gewesen. Leider, so fand sie, war dieses Mal sein Werk weit weniger gut gelungen als jedes vorige Mal. Ihre Tochter auf dem Beifahrersitz trug ihren zweitbesten Pullover. Den besten hatte sie beim Frühstück mit Kakao bekleckert.

Hanna war es als Vertriebsleiterin gewohnt, mit Kunden zu verhandeln und Entscheidungen zu fällen. Heute jedoch kam sie sich vor wie ein kleines, dummes Mädchen. Es sollte das erste gemeinsame Weihnachten mit Ralf werden, der in diesem verschlafenen Nest eine Klempnerei betrieb, die seine Eltern in den fünfziger Jahren gegründet hatten und die seitdem gediehen und gewachsen war. Auch die Familien seiner Schwestern waren eingeladen. Die Neue sollte begutachtet werden. Sie durchfuhr den letzten Bogen der kurvenreichen Strecke, ließ das Ortseingangsschild und die Talstation der Standseilbahn hinter sich und tauchte ein in die weihnachtliche Kleinstadtidylle.

Dorothea sah fünfmal nach, ob sie die Mappe mit ihrem Text in die Tasche gesteckt hatte und ob der Text auch wirklich in der Mappe war. Auf die Brandblase auf ihrem Handrücken, die der Rand der Bratröhre hinterlassen hatte, klebte sie noch schnell ein Pflaster. Dann warf sie den Mantel über und machte sich auf den Weg. Es war das erste Mal, dass der Pfarrer das Verlesen der Weihnachtsgeschichte aus der Hand gegeben hatte. Schon von der Brücke aus sah sie die Chorsänger vor der Kirche stehen, sie musste sich sputen.

Nachdem wir die beiden Großmütter abgeholt hatten, machten wir uns auf den Weg zur Christmesse. Die Brücke über den Fluss war angeleuchtet, die Straßenränder von Bäumchen gesäumt, die mit Basteleien von Kindergartenkindern geschmückt waren. An der Ecke, auf der Terrasse über einem türkischen Lokal, stritten zwei Männer lautstark. Auf der Straße begrüßten sich die einheimischen Kirchgänger.

Beim Betreten der Kirche wurden die Gläubigen und auch die Ungläubigen empfangen und Dorothea half ihnen, Plätze zu finden. Auch uns unterstützte sie freundlich, die großmütterlichen Rollatoren zu verstauen. Das vierhundertjährige, in beige und weiß getünchte Kirchenschiff war hell ausgeleuchtet, der große Weihnachtsbaum mit unzähligen großen Sperrholzsternen geschmückt.

Die Begrüßung der Gemeinde durch den Pfarrer verlief sehr sachlich, er dankte einer Liste von Spendern und Unterstützern der Kirchenarbeit.

Unsere Omas kramten in ihren Handtaschen.

Dorotheas Herz raste. Erwartungsvolle Stille erfüllte den Raum, als sie mit ihrer Mappe nach vorn trat.

„Es begab sich aber zur der Zeit, dass ein Gebot von dem Kaiser Augustus ausging, ...“ Die Anspannung fiel von ihr und über die Kirche legte sich eine schwere Feierlichkeit, die man diesem hellen und nüchternen Gotteshaus nicht zugetraut hätte.

Nachdem „Stille Nacht, heilige Nacht“ verklungen war, ging ein Raunen durch die Reihen und der barhäuptige, stramm gebaute Pfarrer erklomm die Kanzel.

„Und sie gebar ihren ersten Sohn und wickelte ihn in Windeln und legte ihn in eine Krippe", wiederholte er die Zeilen aus der Weihnachtsgeschichte. An die nachfolgenden Sätze erinnert sich im Nachhinein niemand mehr genau, vergessen, nicht richtig zugehört, geträumt, verdrängt. Die Erinnerung trügt. So oder anders könnte es gewesen sein, was die alles beherrschende Stimme verkündete: „... denn sie hatten sonst keinen Raum in der Herberge ...

Sie hatten sonst keinen Raum ..., keinen Raum als in der Flüchtlingsunterkunft, ... denn sie haben hier keinen Raum, ... jeder braucht seinen Raum, jene und auch wir, ... so wie Gott es vorgesehen hat ... Doch da gibt es eine Frau, die behauptet: Wir schaffen das!" Das scharfe „S" zerschnitt die feierliche Stille. „Ach du meine Güte!", zischte es über die Gemeinde. „Güte? ... Gut sein ... Gut haben ... Wessen Gut? ... Hat das etwas mit Güte, mit gütig sein, zu tun? ... Was geschieht dabei mit uns? ... Ist das recht? ... Ist das gerecht? Denn es muss gerecht zugehen in diesem Land. Deshalb: Jedem das Seine!"

Wie vom Donner gerührt erstarrte Hanna auf der Kirchenbank. Hatte sie sich verhört? Sie sah sich um. Alle Mienen um sie herum waren verschlossen, ungerührt. Doch ein Hörfehler? Dann hatte sie nur noch einen Gedanken: Raus hier! Ihr Blick glitt zu Ralf und der Klempnerdynastie im feinen Tuch. Keine Regung. Merken die nichts? Wenn sie jetzt aufspringt, ist Weihnachten gelaufen. Und die Beziehung zu Ralfs Familie auch. Wenn er wenigstens einen Blick mit ihr tauschen würde! Dann sank sie in sich zusammen, fühlte sich gefangen in der Riege ordentlicher Bürger, in der sie nicht zum Rebellen werden wollte.

Nachdem endlich „Oh, du fröhliche ..." verklungen war, taumelte sie wie benommen aus dem Gotteshaus, bog in die Altstadtgassen ein und ließ den Lärm der weihnachtlichen Kirchgänger hinter sich. Der Glockenklang hallte in ihr nach, und sie wusste, irgendetwas ist hier falsch.

Der Platz vor der Kirche war angefüllt von Weihnachtswünschen und Umarmungen. Die Oma schniefte noch in ihr Taschentuch. „Schön, dass der Pastor auch über uns Flüchtlinge gesprochen hat. Frohe Weihnachten!" Sie stammt aus Schlesien und hat ihre Flucht nie verwunden. Die andere Großmutter, eine bodenständige, herzliche Frau, war dankbar, mit ihrer Familie zusammen hier zu sein. „Des woar oaber scheen!", rief sie und küsste alle im Überschwang der Gefühle.

„War die Weihnachtspredigt nicht unter aller Würde?", konnte ich endlich meinen Neffen, einen Junglehrer, fragen. „Pst", hielt er seinen Finger vor den Mund, „nicht hier vor der Kirche. Hier kennt jeder jeden." „Na und", entsetzte ich mich, „dann wird es wenigstens zum Stadtgespräch." Er verdrehte die Augen. Ein ehemaliger Schulfreund, Dorotheas Sohn, tippte ihn an die Schulter, sie begrüßten sich herzlich. Er hatte unser Gespräch gehört und fand die Predigt regelrecht kriminell. Auch er war an die Toraufschrift von Buchenwald erinnert worden.

Allmählich löste sich die Menschenansammlung auf dem Kirchplatz auf, jeder ging seinem eigenen heimischen Heiligen Abend entgegen. Dorothea trat aus der jetzt fast leeren Kirche und gesellte sich zu unserer Gruppe. Nach guten Wünschen und Lob für ihren Vortrag wurde auch sie von ihrer und unserer Familie zum Fauxpas des Pfarrers befragt. Völlig verständnislos über unsere Aufregung verwies sie auf die Loyalität ihres Chefs, der sich lediglich auf Platon und Aristoteles bezogen habe.

So schulterten wir diverse Weltsichten und machten uns auf den Heimweg. An der Ecke über dem Türken diskutierten noch immer die beiden Männer, unten im Lokal wurde geschwatzt und gelacht.

Zum Weihnachtsschmaus gab es Neunerlei, ein besonderes Geschenk für unsere Großmütter. Wenn man den Weisheiten aus dem Internet trauen darf, ist dies die unverzichtbare weihnachtliche Traditionsspeise aus Schlesien, um der Familie im kommenden Jahr Gesundheit, Fruchtbarkeit und Wohlstand zu bescheren. Auch im Vogtland werde dieser Brauch gepflegt, ist zu lesen. Es muss Stroh unter der Tischdecke ausgestreut sein und unter jeden Teller gehört eine Münze. Ganz wichtig ist, dass ein überzähliges Gedeck für einen fremden, bedürftigen Gast auf der Festtafel steht. Jedoch weder die Oma aus Schlesien noch die aus dem Vogtland hatte jemals in ihrer alten Heimat diese Traditionsspeise gekocht oder auch nur gegessen, wie wir erfahren mussten.

Der Junglehrer erzählte begeistert von seiner Schule, berichtete anschaulich vom Biologieunterricht. Um zu zeigen, wie er den Schülern die Begattung der Kröten erklärt, sprang er auf den Rücken seines Vaters. Die Mädchen kreischten und die Alten prusteten vor Lachen.

Anschließend wurde feierlich die Bescherung zelebriert, jeder hatte sich etwas Besonderes ausgedacht, ein Gedicht, einen Sketch, einen gemalten Witz. Und auf einmal war es Mitternacht.

Die Festgesellschaft trat hinaus. Die Stadt leuchtete und glitzerte im Tal, am gegenüberliegenden Berg markierten Lichter den Verlauf der Standseilbahn.

Auf den Balkonen des Kirchturms wurden Laternen geschwenkt. Die Turmbläser schickten den Weihnachtsfrieden in die Welt. Stille Nacht, heilige Nacht.

Frau Müllers Engel

Katharina Mälzer

Kürzlich fand Frau Müller das Programm der Christvesper im Dom zu Merseburg. Und sie wunderte sich, weshalb sie es aufgehoben hatte. Kurz blätterte sie darin, Lieder, Namen wie Bach, Brahms und Olivier Messiaen. Bei einer Tasse Tee erinnerte sie sich, vor allem des Letzgenannten.

Jedes Jahr ging die Familie Müller Weihnachten in den Merseburger Dom. Mit Baby und Großeltern, mit Kind und Kegel. Heute ist das Baby groß, und die Großeltern wären weit über hundert.

Es gehörte dazu für Protestanten und Atheisten, vielleicht waren auch Katholiken dabei und heute auch Moslems, dem Klang der Merseburger Orgel zu lauschen.

Vor vielen Jahren spitzte man bei der Predigt die Ohren, wenn das Wort Verfassung vorkam, versank jedoch wieder in den Bänken, weil es nicht um eine Revision der Rechtssätze der DDR, sondern nur um die körperliche Verfassung ging. Die Orgel wurde gespielt, Lieder wurden gesungen; je älter man wurde, um so kälter empfand man die im Dom verbrachten Stunden am Heiligen Abend.

Eine Sitzheizung zog ein. Kissen, die einen erst wohlig einlullten, und dann, weil man schon weit vor Beginn der Christvesper da sein wollte, um einen Platz zu bekommen, von dem man freien Blick auf Altar als auch Kanzel hatte, einem dann doch nicht das Zähneklappern ersparten.

Irgendwie wurde alles zur Routine. Die Weihnachtsgeschichte, die Lieder. Irgendwie fühlte sich Frau Müller nicht wohl. Nicht weil sie wußte, daß sie noch die Gans tischfertig machen mußte, nein, sie freute sich ja auf die Wärme, die sie zu Hause empfing.

Dann ging ihr ein Licht auf. Die Weihnachtslieder waren es. Deren Texte lagen aus, die Orgel erklang, aber ehe sie nur ein Wort las, hätte sie schon am Ende der Textzeile sein müssen. Dabei wollte sie doch singen, mitsingen. Sie fühlte sich gejagt. Von der Orgel, vom Organisten. Der eilte auf den Tasten dahin, als wolle er schnell fertig werden, als erwarte ihn jemand im trauten Heim. Er schien alle Register gleichzeitig zu ziehen, und sie hatte das Gefühl, der Organist mische alle Weihnachtslieder zu einem einzigen. Doch an wen sollte sie sich wenden.

Sie solle mal sehen, wie schwer es sei, eine Orgel so zum Klingen zu bringen, hörte sie Herrn Müller sagen.

Wollte sie sich denn als Nichtmusikerin in ihrem Urteil über den Domorganisten erheben? Wer hörte denn überhaupt Musik, mit dem sie hätte diskutieren können? Und was zählte ihre Meinung über die Schumannschen Kinderszenen, von ihm neulich ganz neu interpretiert?

Wieder Weihnachten, wieder die Weihnachtsgeschichte, die Lieder. Doch dann. Was war das? Der Organist schien sich von Weihnachten zu entfernen. So vermeinte es jedenfalls Frau Müller. Sie sah auf das Programm der Christvesper. Sie schloß die Augen, öffnete Ohren und ihr Herz, ganz weit. Alle Register, eine Musik, die sie hoch zu allen Engeln trug. Wunderbare Klänge, ein Wunder, ihr wurde warm. Sie hätte die Welt umarmen können. Sie drehte sich um, schaute auf den barocken Prospekt, Ladegast selbst schien zu spielen oder den Organisten zu inspirieren zu dieser gewaltigen Musik, großartig vorgetragen. Sie hätte vor lauter Begeisterung schreien können.

Sie strahlte, als sie im Strom der Menschen aus dem Dom trat. An der Pforte sagte Frau Müller der Kollekte haltenden Frau, eine wunderschöne Musik sei doch heute gespielt wurden, so wunderbar. Die Frau erwiderte, sie werde es gern ausrichten. Da hörte Frau Müller von verschiedenen Seiten, wie furchtbar die Musik heute gewesen sei. Sie schüttelte leicht den Kopf.

Weihnachten ist ein friedliches Fest.

Einsame Weihnacht?

Louisa Girrulat

Ich zündete die rotbraune Kerze an und stellte sie vor mir auf den Tisch. Die kleine Flamme flackerte unruhig vor sich hin, und sofort verteilte sich ein intensiver Geruch nach Vanille, Granatapfel und Zimt im ganzen Raum. Der goldgelbe Schein des kleinen Feuers hob sich scharf gegen den dunklen, unbeleuchteten Raum ab. Im hinteren Teil des geräumigen Wohnzimmers blinkte die Lichterkette, die mein großer Bruder, der sein Weihnachtsfest mit seiner Freundin Elisa verbrachte, geschickt um meinen Weihnachtsbaum gefädelt hatte, immer wieder in verschiedenen Farben auf.

Rot – blau – grün. Es war ein seltsam hypnotisierendes, aber auch wunderschönes Farbspiel.

Auf dem Fernseher wurde ein Weihnachtsfest gezeigt, und vor einer großen Bühne, auf der eine füllige, blondhaarige Frau sang, standen Hunderte von Menschen, die die gemütliche Atmosphäre auf sich wirken ließen.

Ich fläzte mich auf die Couch und breitete eine dicke Wolldecke über mich aus, lauschte dem sinnlichen Gesang der Frau im Fernsehen und tauchte einen Spekulatius in meinen Kakao.

Das dickflüssige, warme Getränk verlieh dem würzigen Keks eine süße Note und er zerging mir weich und köstlich auf der Zunge.

„Jingle bells, Jingle bells...“, summte ich mit.

Jetzt werdet ihr euch vielleicht fragen, warum ich mein Weihnachtsfest alleine verbringe, obwohl ich erst vierzehn bin. Die Antwort kann ich euch geben: Meine Eltern sind wegen ihres Berufs als Fotografen sehr oft unterwegs. Beide haben sich auf Landschaftsbilder spezialisiert, und ihre Bilder schmücken regelmäßig Kalender oder Reisekataloge und Websites. Ich habe mich längst daran gewöhnt, dass ich sie nur selten zu Gesicht bekomme.

Doch bisher haben sie sich wenigstens an den wichtigen Tagen des Jahres frei genommen, um die großen Feste mit ihrer Tochter zu verbringen. Aber diesmal mussten sie ihren Auftrag komplett durchziehen. Eigentlich hätten sie bereits vor zwei Tagen wieder hier sein sollen, doch dann kam es zur Verzögerung, da die Kollegen vorerst nicht nachkommen konnten. Und deswegen waren meine Eltern jetzt in Norwegen und fotografierten den skandinavischen Wald und die Polarlichter, anstatt mit mir Weihnachten zu feiern. Meine Mutter hatte mir heute früh am Telefon vorgeschlagen, dass Tante Mathilda, die alleine in der Nachbarstadt wohnte, doch vorbeikommen könnte, doch ich hatte dankend abgelehnt. Tante Mathilda war die nervigste und überschwänglichste Person, die ich kannte.

Da verbrachte ich den 24. Dezember doch lieber alleine.

Ich schaltete den Fernseher aus. Dann knipste ich die Stehlampe an, und sofort breitete sich ein heller, warmer Lichtstrahl im Zimmer aus. Ich musste kurz blinzeln, um mich an die plötzliche Umstellung von dunkel auf hell zu gewöhnen. Neben mir lag ein altes, geknicktes Buch, dessen Seiten vom jahrelangen Stehen in einem Bücherregal schon ganz verblichen und staubig waren. Das Paket war heute früh für mich eingetroffen, in einem weiß gepunkteten Geschenkpapier mit einer großen roten Schleife, ganz exklusiv aus Norwegen. Ich hatte mich gefreut, dass mir meine Eltern eine kleine Überraschung zu Weihnachten gemacht hatten. Ich wusste, dass es nur eine Entschädigung dafür war, dass sie in diesem Moment nicht bei mir waren, aber diesen Gedanken hatte ich heute früh ganz schnell von mir weggestoßen. Es war ein Taschenbuch mit skandinavischen Weihnachtsgeschichten. Die Geschichten standen zuerst in der Originalsprache, was ich besonders schön fand, und dann folgten die übersetzten Fassungen. Ich nahm das Buch zur Hand, blätterte die Seite auf, auf der sich das Lesezeichen befand und strich über die morschen Seiten. Ich liebte Bücher. Den Geruch der vielen Seiten, das seidige Gefühl der Blätter an den Fingerspitzen, Geschichten, die dich schon ab der ersten Seite in ihren Bann ziehen. Ich leerte meinen Kakao und begann, „Das Christkind" zu lesen, meine liebste Weihnachtsgeschichte.

Ich las es bis tief in die Nacht hinein, immer und immer wieder.Da klingelte es plötzlich an der Tür.

Benommen schlug ich die Augen auf. Ich lag noch auf dem Sofa, immer noch die Klamotten vom Vortag an, das Buch aufgeschlagen auf meinem Bauch. Auch die Lampe neben der Couch brannte noch. Ich stand langsam auf und torkelte schläfrig zur Haustür. Dabei fiel mein Blick auf die Digitaluhr an der Wand. Es war erst kurz nach drei, mitten in der Nacht. Wer konnte zu so später Zeit noch draußen auf den Straßen herumirren? Langsam schloss ich die Tür auf. Selbst das Knacken des Schlüssels im Schloss erschreckte mich. Die Tür sprang auf. Das erste, was ich erkennen konnte, war Schnee. Ein weißer, dichter Mantel überdeckte das Blumenbeet vor unserem Haus. Komisch. Gestern gab es noch nicht einmal Anzeichen für Schnee. Und dann registrierte ich zwei schwarze Gestalten, vermummt in dicke Mäntel und schwer bepackt.

Mir stockte der Atem.

„Mutter! Vater!", rief ich und stürzte auf die beiden zu. Ihre Arme schlossen sich um mich und ich atmete den vertrauten Wildledergeruch von dem teuren Mantel meines Vaters ein, spürte die Wärme und die intensive Zuneigung der beiden. Ich kuschelte mich an meine Eltern und vergaß dabei, dass ich barfuß war und eigentlich tierisch frieren müsste.

„Emma!", flüsterte meine Mutter, und ich grub mein Gesicht noch tiefer in ihr Wolljackett.

„Was macht ihr denn hier? Und um ... diese Uhrzeit?"

Mein Vater lächelte.

„Wir wollten dir eine Überraschung machen und haben den erstbesten Flug genommen, den wir bekommen haben. Der Gedanke, dass du am Weihnachtsabend alleine zu Hause sitzt, war schrecklich. Außerdem haben wir dich ganz fürchterlich vermisst."

Wir drängten uns zu dritt wieder ins Haus und ließen die Tür hinter uns zufallen. Ich lächelte glückselig.

Diese Überraschung war ihnen auf jeden Fall gelungen!

Und überhaupt war es die schönste Überraschung, die mir je widerfahren war, das könnt ihr mir glauben!

Weihnacht auf See

Tilo Buschendorf

Noch zwei Tage bis Weihnachten. Das Fest des Friedens und der Freude steht vor der Tür. Ich spüre von alledem nichts. Ich bin mit dem Versuchsschiff „Rügen" auf See statt zu Hause, wo ich schon vor einigen Tagen erwartet wurde. Warum ausgerechnet wir mit dem vor dem Weihnachtsfest nochmals herausschickt wurden, begreift keiner von der Besatzung. Musste das sein, fragen sich alle? Müssen diese elektronischen Geräte unbedingt noch vor Weihnachten getestet werden? Das hätte doch Zeit bis nach den Feiertagen. Seit einer Woche liegen wir vor der Insel Rügen. Das verschneite Kap Arkona ist in Sichtweite und sieht aus, wie mit einer Schicht Puderzucker überzogen. Malerisch, als sei es ein Weihnachtsgruß, ragt die Steilküste aus dem Wasser. Weihnachtsstimmung kommt dennoch nicht auf. Seit einer Woche immer der gleiche eintönige Tagesablauf. Messbojen aus dem Wasser fischen, Elektronik überprüfen und mit dem Bordkran an einen Minenleger übergeben. Dann warten, bis er diese wieder im Meer versenkt hat. Zweimal, dreimal am Tag. Nur gut, dass es zeitig dunkel wird, denken viele. In der Zeit dazwischen liegen wir vor Anker und gammeln vor uns hin. Der Bootsmann lässt uns Gott sei Dank in Ruhe und nervt nicht mit Rostklopfen und anderen geistig niederen Arbeiten.

Heute Nachmittag wurden die Tests beendet. Alle Apparaturen sind verstaut, und morgen früh, bei Sonnenaufgang, will der Kapitän den Anker hieven und Kurs zum Heimathafen nehmen lassen. Pünktlich elf Uhr wollen wir die Wolgast-Brücke passieren. Dann bleibt allen noch genug Zeit, um pünktlich Feierabend zu machen und sich auf das Weihnachtsfest einzustimmen. Wenn alles klappt, so habe ich ausgerechnet, schaffe ich den Nachtzug und könnte morgens früh am Heiligabend zu Hause ankommen.

Noch eine Nacht auf See. Die letzte in diesem Jahr. Ich habe zusammen mit dem ersten Steuermann Brückenwache. Von null bis vier Uhr. Hundewache. Auf dem Schiff ist es ruhig. Nur die

Lichtmaschine tuckert gleichmäßig vor sich hin. Wer wachfrei hat, liegt in seiner Koje und schläft. Auf See ist es auch ruhig. Nur die Wellen plätschern leise an die Bordwand. Man könnte glauben, die See schläft auch. Der Himmel ist sternenklar, und das Mondlicht wirft einen spärlichen Lichtstrahl auf das Wasser. Gelegentlich ziehen ein paar dünne Wolken vorüber. Wir haben Windstärke drei und Temperaturen um die null Grad. Es ist erst zwei Uhr. Die „Rügen" liegt ruhig im Wasser. Der Erste sitzt schon seit einer Stunde nebenan im Funkraum vor seinen Geräten und hört die Seenotfrequenzen ab. Gemächlich drehe ich auf der Brücke meine Runden. Von Backbord nach Steuerbord und von Steuerbord nach Backbord. Fünf Meter hin – fünf Meter zurück. Ich weiß nicht, zum wievielten Mal schon. Mit dem Fernglas beobachte ich das Geschehen rundum. Backbord voraus schickt der Leuchtturm von Kap Arkona seinen Lichtstrahl über die See. An Steuerbord blinken im Wechsel ein paar Lichter auf. Das sind die Lichter der Fahrwassertonnen zum Hafen Saßnitz. Zwischendurch werfe ich einen Blick auf den Radarschirm. Die Küstenlinie ist deutlich zu erkennen. Die kleinen Lichtpunkte am rechten Bildrand sind die Leuchttonnen an Steuerbord. Bis zu dreißig Seemeilen weit kann man erkennen, was sich auf See bewegt oder nicht bewegt. Jetzt, eine Stunde nach Mitternacht, ist alles ruhig. Kein Schiff in Sicht. Friedliche

Einsamkeit weit und breit. Noch zwei Tage bis Weihnachten.

Eine Stunde später. Ein Lichtpunkt bewegt sich auf dem Radarschirm. Ein Schiff zehn Meilen voraus. Der müsste mit dem Fernglas noch zu sehen sein, denke ich und hebe zur Kontrolle das Glas an die Augen. Tatsächlich kann ich zwei weiße und ein rotes Licht ausmachen, die sich langsam von rechts nach links bewegen. Ein Frachter, denke ich. Mit zwei weißen Lichtern muss das ein großer Pott sein. Wer weiß, wohin der will. Ob er Weihnachten im Hafen liegt? Oder schwimmt er da bereits auf dem Ozean? Noch eine ganze Weile behalte ich ihn im Blick. Hinter mir wird die Tür zum Funkraum aufgerissen. Der Erste erscheint mit verschlafenem Gesicht. Der war bestimmt eingepennt, mutmaße ich. „Ich geh mir mal 'nen Kaffee holen", brummt er. „Pass mal solange auf! Ich habe den Lautsprecher von der Funkanlage nach vorn geschaltet." Spricht's und verschwindet von der Brücke. In der nächsten Viertelstunde werde ich den bestimmt nicht wiedersehen.

Nun bin ich ganz allein auf der Brücke. Zu dem Tuckern der Lichtmaschine mischt sich jetzt noch das Sprachgewirr aus dem Äther. Englische und russische Wortfetzen dringen an mein Ohr. Dazwischen immer wieder das Zirpen von Morsezeichen. Wer soll sich da noch zurechtfinden? Plötzlich, ein kratzendes Geräusch im Lautsprecher: „We call all ships!", ertönt eine ferne Stimme. Und wieder: „We call all ships! Here is MS Victoria, here is MS Victoria!" Ich stehe wie erstarrt! Ein Notruf! Ausgerechnet jetzt, wo der Erste weg ist! Ich halte den Atem an. Doch dann sagt die ferne Stimme: „We wish you a merry Christmas and a happy New Year! " Mir fällt ein Stein vom Herzen. Kein Notruf! Gott sei Dank. Ein Weihnachtsgruß. Soviel verstehe ich mit meinen wenigen Englischkenntnissen. Von da draußen. Irgendwo aus der fernen Dunkelheit. Ob das der große Pott war, der den Funkspruch gesendet hat? Ich flitze ans Brückenfenster, hebe das Glas an die Augen und suche die Lichtpunkte. Zwei weiß, eins rot. Vergeblich. Dort, wo vor kurzem noch das fremde Schiff zu sehen war, ist nur Dunkelheit. Sonst nichts. „Danke, auch euch ein frohes Weihnachten", sage ich leise und meine Augen werden feucht. Plötzlich ist Weihnachten ganz nah.

Die Tür zur Brücke wird polternd aufgerissen. Der Erste kommt mit seinem Kaffee zurück. „War was", fragt er einsilbig. Verstohlen wische ich mir eine Träne weg. „Nö!", antworte ich, „war nix!" Aber morgen ist Weihnachten.

Kohlrabenschwarz

Rüdiger Paul

Warum erzählte mir Vater immer und immer wieder die Geschichte von der verkohlten Eisenbahn?

Diese Geschichte habe ich in den vergangenen 58 Jahren schon so oft gehört, dass ich fast glaube, dies sei die eigentliche Weihnachtsgeschichte.

Er schilderte darin in immer gleichem ruhigem Ton, wie er 1937 als kleiner Junge zu Weihnachten eine kleine Eisenbahn bekam. Diese Bahn fuhr, wenn man sie mit einem Schlüsselchen aufzog, auf blanken Schienen, immer im Kreis.

Seine Freude an diesem wunderlichen Spielzeug währte nur kurze Zeit. Acht Wochen nach dem Weihnachtsfest brannte in einer für ihn unvergesslichen Nacht das Elternhaus bis auf die Balken nieder. Nichts war zu retten. Von weitem musste er mit seinen vier Geschwistern beobachten, wie die lodernden Flammen alles zerstörten.

Ein verschmolzenes Etwas, das Vater aus der Asche zog, erinnerte nur entfernt an sein erst vor kurzem erhaltenes Geschenk.

In den Kriegsjahren gab es zu Weihnachten wenig. Denn sie hatten nichts.

Von einem bunten Teller abgesehen, lagen Dinge wie eine Schiefertafel, ein Tornister oder Hefte unter dem Tannenbaum.

Die Flucht aus Ostpreußen beendete seine Kindheit.

So blieb die Eisenbahn für alle Zeiten sein einziges Spielzeug.

Wie mit einem Schlüsselchen aufgezogen haben wir wieder und wieder die „Geschichte von der verkohlten Eisenbahn" erfahren.

Immer noch zieht sie in Gedanken ihre Runden auf den blanken Schienen.

Kinder malen und basteln in der Adventzeit ihre Wunschzettel. Väter machen es anders, sie erzählen ihre Geschichte(n).

Weihnachtskerzen

Katharina Mälzer

Er hatte die Figur eines allerliebsten Weihnachtsmannes. Er war zwar sehr groß, doch so breit, daß dies seinen Körper in eine fast quadratische und damit praktische Form brachte. Rundlich, gemütlich, freundlich. Besonders eindrucksvoll war es, wie er mit seinem Wellensittich umging, wenn dieser in seiner gewaltigen Hand wie in einer großen Höhle Zuflucht suchte. Er sprach mit ihm, und irgendwann zwitscherte das Vögelchen in menschlicher Weise zurück. Sogar des gewaltigen Mannes Freunde verstanden einzelne Worte des Vogels. Maxl war ein Familienmitglied geworden. Als einziges flog es kreuz und quer im Raume, hatte aber bei

107

den Mahlzeiten auch seinen Platz am, besser auf dem Tisch. Des Mannes Hände waren so groß, daß er einen seiner Freunde bat, ihm doch die kleinen Holzstückchen, die er in einer Miniaturkiste erwarb, zu der Weihnachtspyramide zusammenzufügen, wie sie auf dem Etikett des Kistchens abgebildet war. Es war für den Freund eine Freude, dies zu tun.

Tage später, als Freunde beim großen Mann weilten, bat dieser, auf seinen Vogel achtzugeben. Jeder erwartete ein Kunststückchen des Wellensittichs. Man wunderte sich zwar auch ob der so bedachten Schritte des Mannes, begründete es aber mit dem guten Weihnachtsessen, welches wohl das Gewicht erhöht und das Laufen erschwert hätte.

Man nahm am Tische Platz. Des Stollens nach Weihnachten überdrüssig geworden, wurden Pfannkuchen, gefüllt mit köstlicher Marmelade, gereicht. Maxl wurde auf den Tisch gesetzt. Er wirkte etwas verändert. Der Mann seufzte. Maxl kann nicht mehr fliegen, sagte er. Die Pyramide war Weihnachten entzündet worden, Miniaturkerzen ließen mit ihrer Hitze die Pyramide sich drehen. Er und Maxl hätten ihre helle Freude gehabt, bis des Mannes Mutter schrie: Maxl brennt! Und des Mannes große Hand ging in Funktion eines Feuerlöschers auf den armen Vogel nieder. Die Freunde zuckten zusammen. Jeder schien den Nachhall des Aufschlags zu hören, ein Seufzen um den Vogel war zu vernehmen. Doch die Frage nach dem Überleben desselbigen erübrigte sich: Er saß ja da.

Die lange Schwanzfeder, die die Steuerung des Fluges ermöglicht, war abgebrannt. Die Hand war wirklich nur auf dieser niedergegangen, ein Übergreifen des Feuers auf das ganze Vögelchen war verhindert worden. Aufatmen jetzt auch bei den Freunden. Man verstand. Bis zum nächsten Fest wäre die Feder wohl nachgewachsen. Doch bis dahin war der Wellensittich zu Fuß unterwegs. Daher achte man auf die eigenen Schritte!

Meine

Weihnachtsgeschichte

Hans-Dieter Weber

Zu jener Zeit wütete in Syrien ein grausamer Krieg, dem schon viele Menschen zum Opfer gefallen waren. Manche versuchten deshalb ihr Heil in der Flucht. Auch Slaiman aus Aleppo machte sich mit seiner Frau Najat auf den Weg. Er hatte gehört von einem Land, in dem die Menschen wohlhabend und gastfreundlich sein sollten. Und obwohl Najat schwanger war, überstanden sie alle Strapazen der Flucht.

Sie wurden freundlich empfangen. In einer geräumigen Wohnung wies man ihnen ein kleines Zimmerchen zu, in dem sie sich notdürftig einrichten konnten. Etwas zu essen und eine Kanne Tee standen in der gemeinschaftlichen Küche immer auf dem Tisch. Das Erlernen der fremden Sprache fiel ihnen anfangs schwer. Wenn Slaiman und Najat aus dem Haus gingen, wurden sie manchmal angepöbelt oder sogar beschimpft, so dass sie Angst um ihr Leben hatten.

Schließlich, es war zur Weihnachtszeit, kam für Najat die Zeit der Entbindung. Slaiman setzte sie auf sein klappriges Fahrrad und schob es vorsichtig die verschneite Straße hinunter, um seine Frau in die Klinik zu bringen. Da kam ein schwerer Sturm auf, der die Schneeflocken heftig aufwirbelte. Slaiman bekam Angst um seine schwangere Frau und klingelte am Tor eines schönen Hauses. Der Hausherr öffnete und fragte ihn mürrisch nach seinem Anliegen. Slaiman bat um ein Lager für seine Frau, da bei dem schweren Sturm ein Weitergehen unmöglich sei. Der Hausherr schimpfte und ließ sich nicht erweichen, bis seine Frau an der Tür erschien. Sie hatte ein gutes Herz und führte die schwangere Najat vorsichtig die Treppe hinauf in ein kleines Zimmer, in dem ein Bett stand. Sie wusste als Mutter sofort, was hier zu tun war, rief einen Arzt und half ihm bei der Entbindung. So gebar Najat einen gesunden Sohn, ihren Erstgeborenen, wickelte ihn in Windeln und legte ihn in die kleine Krippe, welche die gute Hausfrau vom Boden heruntergeholt hatte.

Am Abend durften Slaiman, Najat und ihr Neugeborener sogar ins Wohnzimmer kommen. Dort hatte sich die ganze Familie um den hell erleuchteten Weihnachtsbaum herum versammelt. Anfangs waren sie noch ein wenig verschüchtert, aber dann sangen alle gemeinsam die schönen alten Weihnachtslieder, die vom neugeborenen Jesuskind, von Nächstenliebe und Hoffnung erzählten.

Namensgebung

Tilo Buschendorf

Dicke graue Wolken hängen am Himmel. So tief, dass man sie mit der Hand berühren könnte. Unzählige weiße Flocken schweben aus ihnen zur Erde. Es sind nur noch wenige Tage bis zum Weihnachtsfest. „Weiße Weihnacht", denkt Elena, „wie lange ist das schon her?" Sie steht hinter dem Verandafenster ihres kleinen Häuschens und schaut den Schneeflocken bei ihrem Tanz zu. „Wenn Holger von Arbeit kommt, muss er noch Schnee schieben", stellt sie fest. Erst achtzehn Monate ist es her, dass sie nach langer Bauzeit in ihr eigenes kleines Häuschen eingezogen sind. Stress und Hektik liegen hinter ihnen, und Ruhe ist endlich in ihr Familienleben eingezogen.

„Jetzt haben wir Zeit, uns um die Familienplanung zu kümmern", meinte damals Holger schmunzelnd, als alle Gäste, die sie zur Einzugsfeier geladen hatten, gegangen waren. Elena lächelt in Erinnerung an damals. Vorsichtig setzt sie sich wieder in ihren Sessel, um sich etwas auszuruhen. Seit das Kind unter ihrem Herzen heranwächst, fällt ihr das Stehen von Mal zu Mal immer schwerer. In drei Wochen soll es soweit sein. Dann soll die Kleine das Licht der Welt erblicken, gleich zu Beginn des neuen Jahres.

„Noch drei Wochen", denkt Elena, „und wir haben noch immer keinen Namen für unser Kind."

Mit Holger konnte sie sich noch nicht einig werden.

„Du wirst das schon machen", hatte er damals, vor Freude lachend, gesagt, als Elena ihm offenbarte, dass sie schwanger sei.

„Ich vertraue dir, mein Schatz. Du findest bestimmt einen schönen Namen. Ich mische mich da nicht ein. Nur, zu unserem Familiennamen sollte er schon passen."

Nachdenklich schaut Elena zur Decke.

„Von wegen nicht einmischen! Bis jetzt hat ihm noch kein Vorschlag von mir gefallen, und einen eigenen Vorschlag hat er auch noch nicht gemacht", denkt sie und erhebt sich langsam aus

dem Sessel. Vorsichtig geht sie wieder zum Verandafenster, um auf Holger zu warten. Schöne Namen hat sich Elena ausgedacht. Maria oder Christina gefallen ihr besonders gut.

„Die passen auch gut zum Familiennamen“,
denkt sie. „Maria Becker hört sich gut an. Oder
Christina Becker. Na ja, Gina Becker klingt auch
ganz gut, ist aber nicht mein Favorit.“

Während sie in den Schnee blinzelnd von einem schönen Namen für ihr Kind träumt, kommt
Holger mit seinem Auto von der Arbeit nach Hause. Mit einem langen Kuss begrüßen sich beide.

„Du, Schatzi“, beginnt Elena, „was meinst du,
wenn wir unser Kind Maria nennen?“

Holger verzieht den Mund und denkt: „Geht
das schon wieder los! Ich bin noch nicht mal richtig
zu Hause.“

„Oder, Christina klingt auch gut. Was meinst
du?“

„Ja, ja“, sagt Holger und verschwindet schnell
in seinem Arbeitszimmer. Schmollend schaut Elena
ihm nach.

„Na, dann eben nicht“, sagt sie trotzig. „Ich
werde dich überhaupt nicht mehr fragen“, ruft sie
Holger hinterher.

Dann geht alles sehr schnell. In der Nacht vor
dem Heiligen Abend bekommt Elena starke
Schmerzen im Unterleib, und Holger muss den
Notarzt verständigen. Mit Blaulicht geht es sofort

ins Krankenhaus. Dort entscheiden die Ärzte, das Kind vorzeitig auf die Welt kommen zu lassen.

Die Operation verläuft ohne Komplikationen, und nach einem langen und tiefen Schlaf wacht Elena am nächsten Vormittag aus der Narkose auf. Schon bald fühlt sie sich besser. Nur die Operationsnarbe schmerzt noch ein wenig, und ein dicker Kloß scheint ihr im Hals zu stecken. Ein kleiner, bunt geschmückter Tannenbaum in ihrem Zimmer erinnert sie daran, dass heute Weihnachten ist.

Es klopft. Die Tür wird zaghaft geöffnet, und eine Schwester schaut leise nach Elena. Als sie sieht, dass Elena aufgewacht ist, lächelt sie und sagt: „Guten Morgen, Frau Becker. Wie geht es Ihnen?"

„Ach, ganz gut", antwortet Elena, „ich bin nur noch etwas matt und müde."

Die Schwester lächelt: „Sie haben ein kleines Töchterchen bekommen. Ein kleines Weihnachtsengelchen."

Jetzt lächelt auch Elena, und ihre Augen beginnen, vor Freude zu strahlen wie die Kerzen am Weihnachtsbaum.

„Wie soll denn die Kleine heißen?", fragt die Schwester weiter. Sofort erstirbt das Lächeln auf Elenas Gesicht.

Oh Gott, denkt sie. Daran habe ich bei der Hektik gar nicht mehr gedacht. Was mache ich denn nun?

Jetzt könnte Elena einfach sagen: „Maria“ oder „Christina“, aber kein Wort kommt über ihre Lippen. Die sind wie zusammengeklebt.

„Na, das können Sie ja noch später mit Ihrem Mann besprechen“, sagt die Schwester und streichelt ihr zärtlich über den Arm. „Es eilt ja nicht.“ Und schon ist sie wieder verschwunden. Elena richtet sich vorsichtig im Bett auf und trinkt einen Schluck von dem Tee, den ihr die Schwester hingestellt hat. Der ekelhafte Geschmack im Mund ist sofort verschwunden, und langsam kann sie wieder klare Gedanken fassen.

Maria oder Christina, denkt sie immerzu. Elena ist jetzt fest entschlossen, einen von den beiden Namen auszuwählen. Ein dritter kommt nicht infrage.

Welchen Namen gebe ich meiner Tochter?, grübelt sie. Ach, ich warte einfach, bis Holger kommt, und lässt sich ermattet in ihr Kissen sinken.

Er kommt am Nachmittag. Und er bringt die ganze Verwandtschaft mit. Die Eltern, Oma und Opa, sogar die Uroma ist mitgekommen, um das neue Mitglied der Familie zu bestaunen.

„Wie geht es dir, mein Schatz“, fragt Holger zur Begrüßung. Man sieht ihm an, wie stolz er ist.

„Wie heißt denn die Kleine?“, fragt Holgers Mutter als Erste, weil Mütter bekanntlich sehr neugierig sind. Elena schaut Holger fragend an.

„Ja, äh“, beginnt er zu stottern.

„Wir haben noch keinen Namen.“

„Wieso die Kleine!“, meldet sich jetzt der Opa mit lauter Stimme, „ich denke, es ist ein Stammhalter?“ Und er schaut fragend in die Runde.

Die Oma versetzt ihm einen Stoß mit dem Ellenbogen und wirft ihm einen giftigen Blick zu. „Ich habe dir schon hundertmal gesagt, es wird ein Mädchen. Kannst du dir nichts mehr merken?“

Der Opa wird rot und schweigt.

„Na ja“, sagt jetzt leise Elena, „Mary gefällt mir gut.“

„Wie?“, ruft die Uroma und hält die Hand hinter das Ohr.

„Harry? Harry ist schön. Mein Neffe heißt auch Harry.“

„Nein!“, ruft Holger, weil die Uroma schwer hört. „Mary, das ist englisch, und englisch ist modern.“

Jetzt schweigt auch die Uroma.

„Ein Stammhalter wäre besser gewesen“, meldet sich der Opa wieder zu Wort. „Dann könnte er Boris heißen und würde später ein berühmter Tennisspieler.“

Diesmal tritt ihm die Oma fest auf den Fuß.

„Au!“, ruft der Opa.

„Auguste ist auch schön!“, ruft jetzt die Uroma dazwischen. „Auguste hieß meine Großmutter väterlicherseits.“

Die Stimmung erreicht den Höhepunkt. Alle reden durcheinander. Keiner versteht den anderen und alle wollen recht haben.

In diesem Moment geht die Tür auf, und eine Schwester steckt den Kopf herein.

„Psst!", flüstert sie. „Bitte etwas leiser. Es ist doch Weihnachten!"

Sofort verstummen alle.

Dann sagt sie etwas freundlicher: „Wer jetzt das namenlose Baby von Frau Becker sehen möchte, der geht bitte zwei Zimmer weiter und wartet dort vor der Tür."

Sofort springen alle auf und drängen sich durch die Tür. Holger als Erster vornweg. Dabei bekommt der Opa wieder einen Rippenstoß.

„Schwester!", ruft Elena leise, als alle das Zimmer verlassen haben. „Hallo Schwester!"

Die dreht sich freundlich lächelnd um und schaut Elena fragend an. „Christina", sagt sie zu ihr. „Zeigen Sie ihnen die kleine Christina."

Die Schwester lächelt und zwinkert ihr zu. Dann schließt sie leise die Tür. „Heute ist doch Weihnachten", denkt Elena und schläft glücklich ein.

Der Tag vor Heiligabend

Ingeborg Schmelz

Das leise Rascheln von Papier vernahm Hanni, noch bevor sie die Augen öffnete, und ihr erster Gedanke war: Morgen ist Heiligabend. Mit dem wohligen Gefühl von Geborgenheit, Vorfreude und

Neugier kuschelte sie sich in die noch körperwarmen Kissen. Hanni liebte diesen halbwachen Zustand vor dem Aufstehen und ließ ihren Gedanken freien Lauf.

Es war noch gar nicht so lange her, da erwachte sie morgens in irgendeiner alten Scheune auf einem Strohlager und zitterte vor Hunger, Angst und Kälte. Der jahrelang währende Krieg ließ sich nicht stoppen, verwüstete die Heimat und zwang ihre Familie im eisigen Januar 1945 zur Flucht vor der sich nähernden Kampflinie. So verloren sie das Zuhause und alles Hab und Gut. Mutter Friedel musste mit Hanni und ihrem kleinen Bruder Karli die Flucht allein bewältigen und allen Gefahren trotzen. Denn Vater Robert war an die Front einberufen worden, was die Trennung für die kleine Familie bedeutet hatte. Ungefähr eineinhalb Jahre nach Kriegsende hoffte die Familie nun noch immer auf Roberts Rückkehr. Dank des Suchdienstes vom Roten Kreuz erfuhr Friedel, dass er das Kriegschaos überlebt hatte und in amerikanische Gefangenschaft geraten war. Er lebte, das war das Wichtigste, aber das lange Warten und die Ungewissheit schmerzten. Mutter Friedel hatte ihre Eltern, Klara und Hermann, von denen sie in den Wirren der Flucht getrennt wurde, wiedergefunden. Ohne viel Aufhebens zu machen, wurde sie mit den Kindern von ihnen in ihrem neuen, bescheidenen Zuhause aufgenommen. Am Tag lenkten die Kinder und die Arbeit im Haushalt Friedel vom Nachdenken ab, doch in den oft schlaflosen Nächten übermannte sie die Sehnsucht nach ihrem Mann. Auch Hanni wollte ihren Papa wieder bei sich haben, sie träumte davon, malte es sich immer wieder aus, wie er mit seiner beschützenden, warmen Hand über ihr Haar strich.

Noch mit ihren Gedanken beschäftigt, hörte Hanni das Klicken der Schranktür und erneutes Geraschel. Nun hielt sie nichts mehr im Bett, sie war hellwach. Packte Mama etwa schon Weihnachtsgeschenke ein – oder gab es doch einen Weihnachtsmann, der die Geschenke unter den Christbaum legte? Sie lugte um den hohen Bettgiebel herum, und tatsächlich wurde etwas ausgepackt – nämlich die wunderschönen, bunten Kugeln für den Tannenbaum.

Vor einigen Tagen tauschte Oma Klara diesen Weihnachtsschmuck mit einer fremden Frau aus der nahegelegenen Stadt gegen Eier und Mehl aus ihrem Vorrat. Das Überleben nach dem Krieg und die darauf folgende Hungersnot bewältigte man in ländlicher Umgebung besser als in der Stadt. In Folge der Bodenreform wurden die Großeltern sogenannte Neubauern. Zum Bewirtschaften erhielten sie Land und Boden sowie Nutzvieh, wie Kühe und Schweine. Trotz staatlicher Abgabepflichten reichte das Erwirtschaftete noch für den eigenen Bedarf und zum Eintauschen gegen inzwischen rar gewordene Artikel, wie Textilien, Haushaltswaren, Schuhe und Spielzeug.

Auf diese Weise tauschte Klara im Jahr zuvor als Weihnachtsgeschenk für Hanni eine Puppe und ein Paar Lederschuhe ein. Viel lieber hätte Hanni aber diese neuartigen Igelit-Schuhe gehabt, die waren ihr großer Wunsch. Viele Schulkameraden in ihrer Klasse besaßen diese beigefarbenen Schuhe aus Kunststoff, und sie schlitterten damit im Winter viel schneller den Berg hinunter. Beim Blick in Hannis enttäuschtes Gesicht erklärte Klara, sie solle froh sein, dass sie die hochwertigen Lederschuhe bekommen habe. Diese komischen Igelit-Schuhe wurden bei Kälte knochenhart, und im Sommer bekam man Schweißfüße. Damit war das Thema für Klara beendet, doch nicht für Hanni, sie verschob ihren Wunsch auf das nun folgende Weihnachtsfest.

Friedel war noch mit dem Auspacken der Weihnachtskugeln beschäftigt, als Hanni sich nach dem Waschen und Zähneputzen das karierte Kleid überstreifte. Ihre Freude auf das bevorstehende Weihnachtsfest war so groß, dass sie sich nicht einmal über die grauen, kratzenden Strümpfe beschwerte, die sonst ein allmorgendliches Gezeter in Gang setzten. Im Zimmer war es gemütlich und warm, denn Klara heizte den Küchenofen an, bevor alle anderen aufstanden. Hanni blickte aus dem Fenster auf die tanzenden Schneeflocken. Fasziniert sah sie auf die winzigen Sterne, wie sie nach und nach eine Schicht auf dem Fenstersims bildeten. Erst die fordernden Rufe ihres Bruders, der noch in seinem Kinderbett saß und raus wollte, beendeten Hannis Beobachtung. Klara wartete schon ungeduldig mit der täglichen Mehlsuppe, und einer nach dem anderen nahm am Frühstückstisch Platz. Friedel legte behutsam die Kugeln und das gebrauchte, geglättete Lametta auf den Tisch. Sie drückte Hanni zärtlich an sich und kümmerte sich dann um den kleinen Karli. Der Raum diente gleichzeitig als Küche, Wohn- und Schlafraum, seit Friedel mit den Kindern eingezogen war.

Die Großeltern schliefen im kleineren Nebenraum, der natürlich ungeheizt blieb, denn sparsamer Umgang mit Heizmaterial war ebenfalls angesagt. Das gesamte Familienleben spielte sich also in der gemütlichen, warmen Wohnküche ab, vor allem in der kalten Jahreszeit.

Schon seit einigen Tagen liefen die Vorbereitungen für das Fest. Klara und Friedel bereiteten den Teig für die zwei Blechkuchen vor, die der Bäcker im Dorf backen sollte.

Hanni schaute beim Kneten am Küchentisch interessiert zu, naschte zwischendurch schnell mal von den Streuseln und freute sich schon auf die Schlesischen Mohnklößel. Eigentlich waren es gar keine Klöße, denn man schichtete in einer großen Schüssel den gemahlenen Mohn mit all den guten

Zutaten übereinander, und eine traditionelle Köstlichkeit stand auf dem Tisch.

Zu einem richtigen Weihnachtsfest gehörte natürlich der Tannenbaum, den Hermann am Vortag mit vollem Einsatz ergattert hatte. Stolz präsentierte er einen etwas mickrigen Baum in der einen und etliche grüne Zweige in der anderen Hand. Die Anwesenden waren nicht sehr begeistert, aber schon kurze Zeit später stand ein wunderschöner Weihnachtsbaum, an dem nichts auszusetzen war, in der Ecke des Raumes. Hermann hatte Löcher in den Stamm des Baumes gebohrt und die kahlen Stellen durch die mitgebrachten Zweige ersetzt.

Vor den Festtagen gab es viel zu tun. Jeder ging seiner Tätigkeit nach, die heute, einen Tag vor Heiligabend, besonders häufig von den Händlern aus der Stadt unterbrochen wurde. So mancher Städter wollte noch etwas Essbares eintauschen, und das Klopfen an der Tür wiederholte sich immer öfter.

Erst am Abend, als alle am großen Tisch saßen, kehrte Ruhe ein. Friedel und Klara strickten an den letzten Teilen ihrer Weihnachtsüberraschung, Hermann spielte mit Hanni „Mensch ärgere Dich nicht", und Karli hüpfte im Bett herum. Eigentlich sollte er längst schlafen. Um ihn zu beruhigen, verließ Friedel ihren Platz, als es mit einem Schlag im Zimmer dunkel wurde – Stromsperre! „Schon wieder", knurrte Hermann, während der Würfel über den Tisch rollte, „sogar vor dem Fest stellen sie den Strom ab!" Streichhölzer und Kerzen befanden sich jedoch immer in Reichweite, und Friedel verteilte einige im Raum. Klara stimmte ein Weihnachtslied an, und die anderen sangen oder summten mit. Die Kerzen flackerten, im Ofen knisterte das Feuer, weihnachtliche Stimmung machte sich breit.

Ein unerwartetes Pochen an der Tür unterbrach den Gesang. Hanni stammelte erschrocken: „Das ist der Weihnachtsmann!"

Im gleichen Moment wandte sich Klara zur Tür und rief: „Wir haben nichts zu tauschen, versucht es beim Nachbarn nebenan!" Kaum waren ihre Worte verklungen, da öffnete sich die Tür, und im Kerzenlicht nahm man die Umrisse einer Gestalt wahr. Umhüllt von einem dunklen Mantel und einen riesigen Seesack über der Schulter, gab es tatsächlich eine Ähnlichkeit mit dem Weihnachtsmann. Die Kopfbedeckung war tief in die Stirn gezogen und verdeckte teilweise das bärtige Gesicht. Der tauende Schnee, der auf den Schultern lag, tropfte auf den Küchenboden.

Mucksmäuschenstill war es – alle blickten in Richtung Tür. Von dort kam erst ein Räuspern, und dann sagte eine, vor Rührung ergriffen klingende Stimme: „Tauschen will ich nicht – ich will endlich zu meiner Familie!"

Der Satz war noch nicht zu Ende gesprochen, da warf Friedel ihr Strickzeug auf den Tisch, sprang auf und schon lag sie in den Armen der geliebten, lang ersehnten Gestalt.

Unter Weinen und Lachen stammelte sie: „Mein Robert, unser lieber Robert ist wieder da." Nur kurz zögerte Hanni, dann stürmte auch sie in ihres Vaters Arme. Friedel nahm den kleinen Karli auf den Arm, und nun stand die kleine Familie, einen Tag vor Heiligabend und strahlend vor Glück, vor dem noch ungeschmückten Tannenbaum.

Klara begann wieder zu singen, und alle stimmten mit ein.

Die frohe Botschaft hatte sich schell in der Nachbarschaft herumgesprochen, und jeder wollte dem Heimkehrer die Hand schütteln.

Hanni lag noch lange wach und konnte es kaum glauben, dass ihr innigster Wunsch in Erfüllung gegangen war – sie hatte ihren Papa wieder, und die Igelit-Schuhe wurden zur Nebensache, auf die konnte sie gut verzichten.

Aus: Ingeborg Schmelz,
„Denken mit meines Vaters Augen"

Der
Weihnachtswunsch

Regina Oversberg

An jenem Heiligen Abend des Jahres 1975 saßen nur noch wenige Gäste an den schmucklosen Tischen der Mitropa-Gaststätte des kleinen Grenzstädtchens. Sie warteten alle auf ihren Anschlusszug, denn sie alle wollten schnell weiter, nach Hause, zu ihren Familien, an diesem Heiligen Abend des Jahres 1975. Draußen flammten bereits die Straßenlaternen auf und setzten damit helle Lichtpunkte in den beginnenden Winterabend. Einziger Weihnachtsschmuck im Saal war eine kleine, mit

Lamettafäden geschmückte Tanne, die schon viel von ihrer festlichen Pracht eingebüßt hatte. Die Kellnerin saß rauchend neben der Theke, tippte immer wieder nervös die Zigarettenasche ab und beobachtete dabei die beiden Kinder, die nun schon fast zwei Stunden in der hintersten Ecke des Saales saßen. Schließlich stand sie entschlossen auf und griff zum Telefonhörer. Die beiden Kinder sprachen nicht viel. Immer wieder sahen sie aber zur großen Uhr über der Eingangstür und nippten immer wieder an ihren Fassbrausen. Das Mädchen musste zwischen vierzehn und sechzehn Jahren alt sein. Auffällig an ihr waren die abgetragene Kleidung und die Trauer in ihren Gesichtszügen. Der Junge war einiges jünger, aber auch seine Kleidung war schäbig, die Ärmel des Pullovers zu kurz, und an den Ellenbögen schimmerte das karierte Hemd durch. Ihr Gepäck bestand aus zwei kleinen Campingbeuteln. Das Mädchen zeigte zum Fenster. Draußen fielen erste Schneeflocken auf die Erde und verschluckten beinahe das matte Licht der Straßenlaternen. Auf das Gesicht des Jungen legte sich Furcht. „Das hört bestimmt bald wieder auf zu schneien“, versuchte sie ihn zu trösten. Doch der Junge schien davon nicht überzeugt zu sein und bettelte: „Lass uns lieber mit dem nächsten Zug zurückfahren! Bei diesem Wetter werden wir nie die Grenze finden! Außerdem können wir kein tschechisch, keiner wird uns da drüben weiterhelfen! Wir werden nie in Österreich ankommen!" Der zornige Blick des Mädchens ließ ihn verstummen. „Erstens können alle Tschechen deutsch sprechen und zweitens gehe ich auf keinen Fall freiwillig wieder nach Hause zurück! Außerdem wolltest du mit, ich habe dich gewarnt, nun hör mit dem Gejammer auf." Über das Gesicht des Jungen liefen nun Tränen. Er konnte sie nicht mehr zurückhalten. Für ihn war es bis dahin ein Abenteuer gewesen, doch für seine Schwester war es mehr, war es wilde Entschlossenheit. Aber nun fiel Schnee, Schnee, der ihren Plan zunichtemachen konnte. Die Tür zur Mitropa öffnete sich, und zwei Beamte der Bahnpolizei traten ein. Ihr geschulter Blick glitt durch den Raum. „Bahnpolizei, Ausweiskontrolle!" Bei diesen Worten zuckten beide Kinder merklich zusammen. „Lass uns verschwinden!", zischte das Mädchen, und schon griffen die beiden zu ihrem Gepäck. „Na, wohin so schnell?" Die Polizisten standen wie eine Festung vor ihnen. An Flucht war nicht mehr zu denken. Wenig später saßen die Kinder im Dienstzimmer der Bahnpolizei. Draußen wurde der Schneefall immer dichter. Große, nasse Flocken segelten vom tiefgrauen Himmel der Erde entgegen. Drinnen erzählte der Junge ungefragt und ungebremst seine Geschichte. Er hatte sich ein richtiges Abenteuer gewünscht, und er wollte dem Vater mal zeigen, wozu er fähig war. Selten hatte er aufmerksamere Zuhörer gefunden, selten hatte er sich so ernst genommen gefühlt. Die Schwester hingegen schwieg. Was gingen diese fremde Männer ihre Probleme an? Sie wollte und konnte ihnen nichts über den Alkoholismus des Vaters, über seine Schläge und seine sexuellen Übergriffe erzählen, über das Wegsehen der Mutter und den Mangel an Spürsinn bei Mitschülern und Lehrern. Sie hatte nie die Kraft und den Mut aufgebracht, sich jemandem anzuvertrauen. Der ältere Polizist versuchte nochmals, das Mädchen zum Sprechen zu bringen: „Warum seid ihr denn gerade am Heiligen Abend abgehauen?", sprach er sie mit gespielter Gelassenheit an. Jetzt sah sie trotzig auf: „Jeder darf sich zu Weihnachten etwas wünschen! Ich wünschte mir, Weihnachten weit weg von zu Hause zu sein." Einen Tag später wurden beide Kinder wieder ihren Eltern übergeben. Der Vater schwieg an diesem Tag und auch an allen folgenden, denn die Angst, entdeckt zu werden, hatte ihn jäh erfasst. Niemals wieder riskierte er es, seine Tochter anzufassen, trotzdem kam sie drei Jahre später von einem Prag-Besuch nicht mehr nach Haus zurück. Erst zum Weihnachtsfest des gleichen Jahres gab es ein erstes Lebenszeichen, eine Grußkarte aus Österreich an die Mutter und den kleinen Bruder. „Jetzt geht es mir gut!", lautete die Botschaft.

Warum ich keinen Weihnachtskarpfen mehr esse

Hans-Dieter Weber

Der 22. Dezember 1958 war ein außergewöhnlich kalter Tag. Als ich an meinem zweiten Ferientag erwachte, fielen mir die Worte meiner Mutter wieder ein:

„Hole bitte den Karpfen ab. Er ist schon bezahlt."

Nach dem Frühstück streifte ich meine dicke Jacke über, die immer so unangenehm am Hals kratzte, und zog die blau-weiß geringelte Pudelmütze, die mir Oma gestrickt hatte, tief über beide Ohren. Ich machte mich auf den Weg in Richtung Fischladen. In meinem rechten Fausthandschuh hielt ich das Einkaufsnetz, in der Jackentasche steckte der Zettel von Mutter. Trotz klirrender Kälte war in diesem Jahr noch kein Schnee gefallen. Mit meinen klobigen Winterschuhen schlitterte ich über zugefrorene Pfützen. Das kleine Fischgeschäft in der Klobikauer Straße hatte ich bald erreicht. Der Verkaufsraum war schmal, dafür aber lang wie Erich aus meiner Klasse.

„Hinten anstellen, junger Mann", forderte mich eine dicke Frau auf, nachdem ich mich durch die Tür in den Laden gedrängelt hatte. Ich stellte mich in die wartende Schlange. Als achtjähriger Dreikäsehoch konnte ich gerade mal über den Ladentisch schauen. Was ich dort aber zu sehen bekam, das erschütterte mich. Auf blutverschmierten Schneidebrettern aus Holz lagen abgetrennte Fischköpfe, Fischschwänze und Innereien. Ich war in einem Schlachthaus gelandet. Langsam schob sich die Menschenschlange weiter in Richtung Wasserbecken. Im grün-weiß gefliesten Bassin schwammen dicke Karpfen stoisch gelassen hin und her. Ob sie schon ahnten, was sie erwartete? Wenn ein Kunde einen Fisch ausgewählt hatte, wurde der aus dem

Becken gekeschert und vor meinen Augen geschlachtet. Zuvor bekam er mit dem Holzknüppel einen kräftigen Schlag auf den Kopf. Ich würgte und war dem Erbrechen nahe. Der Blutgeruch stieg mir unangenehm in die Nase. Krampfhaft versuchte ich wegzuschauen.

„Und was bekommst du?", fragte mich die blonde Verkäuferin.

Wortlos hielt ich ihr den Zettel meiner Mutter entgegen.

„Na dann wollen wir mal."

Geschickt kescherte sie einen Karpfen aus dem Becken. Wieder hörte ich den Schlag mit dem Knüppel und das anschließende Ratschen des Messers.

„Bitteschön", sagte die Verkäuferin und steckte mir den in Papier eingewickelten Karpfen ins Netz. Noch ganz benommen verließ ich das Fischgeschäft. Im Netz zappelte der Karpfen, er schien in seinen letzten Zuckungen zu liegen. Nie zuvor hatte ich mich so elend gefühlt. Am Heiligen Abend gab es, so wie in jedem Jahr, Karpfen blau mit Salzkartoffeln, zerlassener Butter und scharfem Meerrettich, Vaters Lieblingsgericht. Während meine Eltern sich den Karpfen schmecken ließen, bekam ich keinen Bissen herunter. Immer wieder gingen mir die schrecklichen Bilder aus dem Fischgeschäft durch den Kopf. Daran hat sich bis heute nichts geändert. Seitdem esse ich am Heiligen Abend keinen Weihnachtskarpfen mehr.

Wer gibt, hat das letzte Wort

Katharina Mälzer

Was gibt es Schöneres zu Weihnachten … als Mutters Rouladen? Es prickelt die Vorfreude auf das Wiedersehen mit meinen beiden Schwestern und deren Familien beim Rouladenessen. Die Besorgung der Rouladen ist heutzutage nicht mehr so nervraubend wie vor der Wende. Kein Päckchen Kaffee für die Fleischfachverkäuferin muß mehr herhalten, um an das begehrte Fleisch zur richtigen Zeit zu gelangen. Jahr für Jahr bringt die Mutter das beliebte Gericht auf den Tisch. Die Jahre lasten auf ihren Schultern und das Kochen fällt ihr schwer. Doch kauft sie das Fleisch in Erinnerung an die sattzufriedenen Gesichter nach dem Mahl, ob Töchter oder Enkel, ganz zu schweigen von den Schwiegersöhnen, die sie mit gleich zwei Rouladen in den siebten Himmel der Gaumenfreuden befördert. Ich habe Rouladen nie so sehr gern gegessen, die Regenwürmer genannten Speckstreifen gebe ich noch heute meinem Vater ab. Aber die Soße, das Köstlichste für mich an dem Essen, darauf kann ich nicht verzichten, das ist Genuß pur!

Und so sitzen wir am ersten Weihnachtsfeiertag gemeinsam am Tisch. Das Gefühl, wieder jung zu sein, klein, ganz Kind zu sein. Alle müssen es wohl so fühlen. Und wie früher sitzen wir, unterhalten uns, die Mutter bringt die Schüsseln auf den Tisch: die dampfenden Kartoffeln, die tiefdunkle, duftende Bratensoße, Rotkraut, die Platten mit den Rouladen. Die Mutter läuft hin und her, sie bedient uns wie früher, das Lächeln auf ihrem Gesicht, alles wie früher. Die Mutter ist glücklich, daß alle gekommen sind. Vater greift nach den Kartoffeln, reicht sie mir. Ich gieße Soße auf meinen Teller, kann es kaum erwarten. Mutter nimmt eine halbe Roulade, sie sei noch satt vom Abschmecken der Soße und des Rotkrauts. Ich nehme die andere Hälfte. Die Mutter fordert auf zuzugreifen. Die Schüsseln mit den Kartoffeln leeren sich. Rotkraut wird auf die Teller gehäuft. Mir schmeckt es, wie immer. Aber heute ist etwas anders. Nur was? Ich schaue rings auf die Teller meiner Schwestern. Sibylle, die jüngere, fragt, ob man die Zeitung gelesen habe. Das mit den Studien zum Fleisch. Sie wolle auf jeden Fall nicht sterben, sie habe mit ihrem Leben noch viel vor. Karin, meine jüngste Schwester, haut in die gleiche Kerbe. Mutter hätte doch eine Gans braten können, es wäre doch nur eine Frage der Organisation des Einkaufs gewesen. Und noch die ganzen Speckstreifen, verarbeitetes Rotfleisch, das sei ja die Spitze. Ihr Mann pflichtet ihr bei, gibt aber zu bedenken, das Fett einer Gans sei auch nicht der Figur förderlich. Mutter kaut, ich kaue, Vater nimmt sich noch eine Roulade. Sibylle fragt nach der Soße, ob die Mutter sie wieder angedickt hätte. Ob sie wenigstens glutenfreies Mehl genommen hätte. Die Mutter kaut, der Vater auch. Ich sehe auf die Teller meiner Schwestern, auf denen nichts mehr dampft. Ob die Oma wüßte, fragt eine meiner Nichten, was eine Kartoffel so an Kohlenhydraten enthalte. Und ob die Oma mal von BSE gehört hätte. Mein Neffe quakt, BSE, seine Schwester sei nicht auf dem laufenden, wäre passé. Mein einer Schwager fragt, was das denn für Fleisch sei, Schwein oder Rind. Ehe eine meiner Schwestern, entrüstet über die dumme Frage, antworten kann, sagt Mutter „Rindvieh" und verläßt den Raum. Ich will meine Schwestern, Schwäger, Nichten und Neffen zur Rede stellen, da kommt

Mutter wieder herein, unverwüstlich, eine braune Flasche haltend, sie habe hier etwas Vegetarisches und Fleischfreies, Laktosefreies, garantiert Glutenfreies. Und ich sehe, es ist nicht der Tequila mit Wurm. Ein kurzer Moment, dann hat jeder, auch Nichten und Neffen, die ja auch schon im richtigen Alter sind, ein gefülltes Glas in der Hand. Die Flasche wird geleert, danach wünscht Mutter allen einen guten, jetzt stimulierten Appetit. Alkohol ist weiß Gott kein Baustein einer guten Ernährung. Aber Mutter läßt sich wegen Enten, auch wenn es Zeitungsenten sein sollten, nicht das Fest verderben. Sie lächelt, sagt, zur Gattung der Allesfresser gehörend wäre ihr egal, was es im kommenden Jahr zu essen gäbe, Hauptsache, eine ihrer Töchter koche.

Unterm Weihnachtsbaum

Hans-Dieter Weber

Heiliger Abend zur Mittagszeit. Der Vater schaut zufrieden auf den Weihnachtsbaum, den er gerade geschmückt hat. Seine Frau kommt herein.

Vater stolz: „Na mein Schatz, wie gefällt dir unser Weihnachtsbaum?"

Mutter schlecht gelaunt: „Na wie schon? Sieht aus wie in jedem Jahr. Das kann doch wohl nicht dein Ernst sein!"

Vater: „Was?"

Mutter: „Na dort unten ist der Baum doch ganz kahl. Was hast du dir da nur wieder andrehen lassen.“

Vater beleidigt: „Hättest ja mitkommen können. Aber du hattest ja wieder mal keine Zeit.“

Mutter: „Ich hatte keine Zeit, weil ich die Weihnachtsgans vorbereiten musste. Oder wollt ihr in diesem Jahr Kartoffelpuffer essen?“

Vater: „Pass aber auf, dass dir die Gans nicht wieder anbrennt, so wie im letzten Jahr.“

Mutter beleidigt: „Das ist ja wohl die Höhe. Die war doch nicht angebrannt. Um nichts kümmern, aber hinterher meckern. Nils, Nils, komm doch schnell mal rüber.“

Der 14-jährige Nils kommt nach einer Weile schlurfend ins Wohnzimmer. Verschlafen reibt er sich die Augen.

Sohn: „Was schreist du denn so, Mutti?“

Mutter: „Dein Vater behauptet, ich hätte letztes Jahr die Weihnachtsgans anbrennen lassen.“

Sohn winkt ab: „Ihr habt vielleicht Sorgen. Das ist doch Schnee von gestern.“

Mutter verärgert: „Ich hau dir gleich eine runter, von wegen Schnee von gestern. Da schuftet man stundenlang in der Küche, und dann muss man sich von seinem eigenen Sohn so etwas sagen lassen.“

Vater flüstert: „Wo er recht hat, da hat er …“

Mutter schreit ihn an: „Du fehlst mir gerade noch mit deinen klugen Sprüchen. So, das ist für den Schnee von gestern."

Sie verpasst ihrem Sohn eine schallende Ohrfeige.

Vater schreit sie an: „Sofort hörst du auf, den Jungen zu schlagen."

Mutter außer sich: „Hier hast du auch gleich noch eine. Die ist für den vermurksten Weihnachtsbaum."

Sie schlägt ihren Mann ins Gesicht. Der packt sie an den Haaren. Sie schreit wie am Spieß. Nils rennt verwirrt aus dem Zimmer. Es riecht nach angebranntem Gänsebraten. Da klingelt es plötzlich an der Wohnungstür.

Nach einer Weile, Mutter schwer atmend: „Habt ihr nicht gehört, dass es geklingelt hat? Ach, ich gehe gleich selber."

Sie öffnet die Tür. Im Treppenhaus stehen ihre Eltern und klopfen sich Schnee von den Sachen ab.

Opa: „Ist eure Klingel kaputt? Warum öffnet denn keiner?"

Mutter völlig überrascht: „Ach, ihr seid es schon. Wolltet ihr nicht erst heute Abend kommen?"

Oma: „Ja, aber dann sind wir doch schon einen Zug früher gefahren. Wir wollten euch überraschen."

Mutter leise: „Äh, - das ist euch aber gelungen."

Mutter lauter: „Kommt doch erst mal rein."

Opa erfreut: „Schau nur Elfriede, sieht der Weihnachtsbaum nicht herrlich aus?“

Mutter verlegen: „Äh, - ja, ja. Gerade habe ich den Kurt dafür gelobt. Er hat sich wieder viel Mühe gegeben, finde ich.“

Oma erfreut: „Und wie die Weihnachtsgans duftet.“

Vater verlegen: „Äh, - na ihr wisst doch, dass eure Tochter eine perfekte Hausfrau ist.“

Mutter ruft laut: „Nils, Nils! Wo steckt bloß der Bengel wieder? Komm und sag Oma und Opa schön guten Tag. Keinen Anstand mehr, diese Jugend von heute.“

Herbert und die Weihnachtsgans

Regina Oversberg

Schon eine ganze Weile hatte sich Herbert auf dieses Weihnachtsfest gefreut, denn es sollte am ersten Feiertag Gans geben, eine gute handaufgezogene Gans für 55,00 Euro von einem alten Bekannten. Keine Gans aus dieser Massentierhaltung oder aus dem Ausland, nein, eine gute deutsche Gans. Auch die Zutaten hatte Herbert rechtzeitig besorgt. Schon im Sommer hatte er auf einer Brachfläche Unmengen an Beifuß gefunden. Mit großem Eifer wurde gesammelt, wurden 20 kleine

Bündel davon geschnürt und im Schatten zum Trocknen aufgehängt. Fürsorglich hatte Herbert gleich mehr Beifuß gesammelt, denn sein Nachbar Hubert konnte immer mal was von ihm gebrauchen. Mal war es ein Ei oder eine Zwiebel, manchmal Kartoffeln. Hubert vergaß immer etwas beim Einkauf, und Herbert half dann aus. Warum sollte Hubert nicht auch Beifuß vergessen? Außerdem hatte es ihn immer geärgert, wenn er für so ein kleines Sträußchen bis zu einem Euro bezahlen sollte, wo das Zeug doch im Sommer überall als Unkraut wucherte. Herbert war also auf das Fest gut vorbereitet.

Sorgfältig beginnt er am Heiligen Abend mit den Vorarbeiten. Fast eine Stunde braucht er zum Nachrupfen der Gans, befreit sie von allen restlichen Spelzen, Kielen und Federresten. Danach wäscht, trocknet und würzt er sie, ausschließlich mit Salz, Pfeffer und Beifuß. Dann endlich, am ersten Feiertag, fängt Herbert zeitig an, schiebt den Braten in die Backröhre und stellt die vorgeschriebene Temperatur genau ein. Bald darauf zieht Gänsebratenduft durch die Wohnung. Herbert sieht immer wieder durch die Glasscheibe des Herdes, später kontrolliert er den Festtagsbraten mit einem Holzstäbchen und bereitet zwischendurch das restliche Menü zu. Aus dem Wohnzimmer dringt zu Herbert festliche Weihnachtmusik, Hilde bereitet dort die Festtafel vor. Fortwährend schaut sie dabei auf ihre Uhr. Sie erwarten heute Besuch, die Mutter sowie Hildes Schwester mit ihrer Familie. Pünktlich um 12 Uhr läutet es an der Haustür. Die Gäste kommen, und gleichzeitig holt Herbert den garen, knusprigen Vogel aus dem Ofen. Strahlend und voller Stolz zeigt er der Familie das gute Stück, während Hilde die Rotweingläser füllt. Nachdem sie auf das Fest und auf alles Gute und Schöne angestoßen haben, zieht sich Herbert erneut in die Küche zurück. Die Soße muss noch abgeschmeckt werden. Kurz darauf wird Hilde von ihm in die Küche gerufen. „Schmeck doch mal die Soße ab!“, bittet er sie. Hilde kostet und sieht ihren Mann bestürzt an. Bitter, total bitter! Aber wieso denn nur ? „Koste doch mal das Fleisch!“, rät Hilde. Herbert macht einen vorsichtigen, kleinen Schnitt an der Brust, kaut und spuckt. Ungenießbar, lautet auch sein Urteil! Auch Hilde kostet nun und schließt sich seiner Meinung an. Die gute, handgezogene Gans ist verdorben. Aber wodurch nur, fragen sich beide nun. Herbert zählt noch mal alles auf, was er zum Würzen verwendet hat, zeigt dabei auch auf die Beifuß-Sträußchen. Nun untersuchen beide kauend ein winziges Blatt davon. Der gleiche bittere Geschmack legt sich auf ihre Gaumen, und nun kennen sie die Ursache. „Das ist kein Beifuß“, erklärt Hilde bestimmt. „Das Zeug sieht nur so aus! Herbert, du hast nicht Beifuß, sondern Wermut gesammelt.“ Herbert ist tief geknickt und die gute

Gans landet nun mit einem tiefen Seufzer in der Mülltonne.

Im Wohnzimmer warten die Gäste, inzwischen beim zweiten Glas Rotwein, auf das Festmenü, und in der Küche herrscht eine Weile tiefe Ratlosigkeit. Doch dann fällt Herbert ein, dass sie noch eine große Portion eingefrorenes Gulasch im Tiefkühlschrank haben. Also wird der Gulasch aufgetaut, und mit einer halben Stunde Verspätung können sie das Essen auftragen. Als Hilde das Gulasch auf den Tisch stellt, sehen sie ihre Gäste betroffen an. Was ist denn mit eurer Gans passiert, wollen sie wissen. Und nun müssen beide von ihrer Panne mit dem Wermutkraut berichten. Tiefe Enttäuschung zeigt sich in den Gesichter der Gäste. Nur die Schwiegermutter strahlt und erklärt erleichtert: „Gott sei Dank, den Gulasch kann ich wenigsten gut kauen. Bei einer Gans habe ich immer Probleme damit.“

Somit ist Weihnachten zumindest für die Schwiegermama gerettet, aber schade ist es doch um die gute handaufgezogene Weihnachtsgans.

Hubert brauchte übrigens diesmal keinen Beifuß von Herbert, er hatte Kaninchenbraten im Ofen.

Hubert als Weihnachtsmann

Regina Oversberg

Schon immer schlüpfte Hubert gern in andere Rollen, mal als Ritter oder Römer oder in eine von den zahlreichen Märchenfiguren. Doch zu seiner Lieblingsrolle gehörte die des Weihnachtsmanns. Allein Huberts Äußeres bot sich für diese Rolle mit dem angegrauten Bart, den dichten buschigen Augenbrauen sowie der Neigung zu einem kleinen Bauch einfach an. Mit etwas weißer Aquarellfarbe für Bart und Augenbrauen und dem üblichen Weihnachtsmannkostüm wurde die Verwandlung immer schnell und überzeugend vollzogen. Doch eines Tages waren Huberts Kinder zu alt geworden, um nicht doch hinter die noch so vollkommene Maskerade zu schauen. So entstand die Idee mit dem Weihnachtsmanntausch. Hannes sollte für Hubert einspringen, und dafür wollte er für diesen den Weihnachtsmann spielen. Heiligabend, pünktlich um 16 Uhr, machte sich also Hubert in voller Kostümierung auf den Weg zu Hannes und seiner Familie. Eine geschlossene Schneedecke von wenigen Zentimetern verlieh dabei auch der Landschaft den erwarteten feierlichen Anblick. Trotzdem schwang sich Hubert auf sein Fahrrad, um die abgesprochenen Ziele auch pünktlich zu erreichen. Wie zu erwarten, spielte er auch an diesem Abend seine Rolle als Weihnachtsmann wieder vollendet. Mit Ehrfurcht und Ergriffenheit hingen Hannes Kinder an seinen Lippen, sagten die üblichen Sprüche auf, sangen etwas über die Heilige Nacht, um dann letztendlich die Geschenke in Empfang nehmen zu können. Alles klappte, da schon vielfach erprobt, wie am Schnürchen. Selten hatte Hannes seine Frau so strahlen sehen, obwohl sie selber bei der Bescherung übersehen wurde. Dieser gelungene Auftritt musste erst einmal in der Küche mit zwei guten Weinbränden begossen werden. Danach schnappte sich auch Hannes sein Fahrrad, und die beiden Männer fuhren gemeinsam das nächste Ziel an, eine bekannte Familie in der Nachbarschaft.

Wieder spielte Hubert seine Rolle, wieder waren alle mehr als zufrieden, und wieder gab es zu Belohnung in der Küche einige gute Weinbrände. In der damit verbundenen Gelöstheit wechselte nun das Kostüm von Hubert zu Hannes. Dass Hannes dabei eine gute Figur machte, konnte man, sehr zu Huberts Bedauern, auf keinen Fall behaupten. Von kleiner, schmächtiger Statur, mit Wattebart und um den Bauch schlabberndem Mantel sah Hannes eher wie der Lehrling des großen Experten aus. Es half nun aber alles nichts mehr, zu Hause warteten Huberts Kinder auf den Weihnachtsmann, und Hannes hatte seine Rolle zu spielen. Als die zwei wieder auf ihre Fahrräder stiegen, empfing sie eine klare Winternacht mit Temperaturen, die schon recht kräftig in Nasen und Finger zwickten. Jetzt hatten sie nur noch einen Kilometer zurückzulegen, und sie wollten diesen Weg möglichst schnell bewältigen. Entschlossen traten sie in die Pedalen, der Frost zwackte immer heftiger in den Fingern, der Weihnachtsmannmantel flatterte wild im Fahrtwind, und plötzlich lag Hannes neben seinem Fahrrad auf der Straße. Nach einer Schrecksekunde war Hannes entschlossen, wieder aufzustehen, doch er konnte sich, wie er sich auch bemühte, nicht aufrichten. Das Fahrrad klebte regelrecht an ihm fest. Nun musste Hubert ran! Schnell stellte der fest, dass sich der gute Mantel in der Kette verfangen hatte und daraus nun zu befreien war. Hubert begann nun, eine Pedale langsam zu drehen, wobei sein Aktionsradius durch den am Boden liegenden Hannes sehr eingeschränkt wurde. Immer wieder hieß es Kette drehen, Mantel ziehen und Hannes' Lage an die Situation anzupassen. Nach quälend langen zehn Minuten konnte der sich endlich wieder aufrichten und seine Aufmachung einigermaßen in Ordnung bringen. Doch im Mantel blieb zur Erinnerung eine Reihe von schwarzumrandeten Löchern zurück. Den restlichen Weg legten die beiden Weihnachtsmänner lieber zu Fuß zurück, um nach ihrer Ankunft auf den überstanden Schreck ein, zwei gute Weinbrände zu trinken. „Was soll ich eigentlich als Weihnachtsmann sagen?", wollte Hannes plötzlich von Hubert wissen und sah ihn dabei aus glasigen Augen an. Hubert schwante in diesem Moment nichts Gutes: „Na was schon, was man immer so sagt. Wenn du nicht weiter weißt, helfe ich dir!", erhielt Hannes zur Antwort. Nachdem beide ihr Glas geleert hatten, machten sie sich mit einer feierlichen Miene auf den Weg zum Wohnzimmer. Mit einem kräftigen Schlag klopften sie an die Tür, und daraufhin stolperte Hannes mehr oder weniger unkontrolliert in das Zimmer hinein, um kurz darauf abrupt stehen zu bleiben. Wahrscheinlich war es die Angst vor der Rolle, die er nun zu spielen hatte, die ihn vollkommen erstarren ließ. Hubert schob ihn daraufhin weiter in den Raum hinein, doch nach einem Meter verharrte Hannes wie ein Fels auf seinem Platz und schwieg. Hubert murmelte in sein Ohr: „Draußen vom Walde da komm ich her", doch Hannes schwieg. Hubert murmelte wieder: „Liebe Kinder, ich habe euch was Schönes mitgebracht!", doch Hannes schwieg weiter. Doch dann, nach einer bedenklich langen Pause fasste er sich schließlich ein Herz und murmelte mit tiefverstellter Stimme: „Na liebe Kinder, habt ihr mir denn was Schönes mitgebracht?" Erschrocken und wortlos sahen die Kinder zu diesem so seltsamen Weihnachtsmann auf. Mit Huberts Hilfe wurden schließlich die Geschenke aus dem Sack geholt und an die Anwesenden verteilt. Hannes verfolgte währenddessen stumm das Geschehen. Erst als Hubert ihn am Mantel schließlich nach draußen ziehen wollte, löste sich seine Erstarrung, und er verabschiedete sich mit den Worten: „Ich muss jetzt leider gehen, denn noch viele andere Kinder warten heute Abend auf mich!" Bevor Hubert nun Hannes nach Hause begleitete, mussten beide in der Küche auf diese Pleite hin noch ein, zwei gute, alte Weinbrände trinken. Hannes durfte danach nie wieder Weihnachtsmann spielen, denn nach seiner Heimkehr hatte er den restlichen Abend schnarchend auf dem Sofa im Wohnzimmer verbracht. Stille Nacht!

Weihnachtsengel

Hans-Dieter Weber

Lange hatte Frank sich im Bett hin und her gewälzt, bevor er dann endlich doch eingeschlafen war. Als er mitten in der Nacht erwachte, tastete er instinktiv in Christines Bett hinüber, doch das war leer. Er schaltete die Nachttischlampe an, sah sich im halbleeren Schlafzimmer um und schlich mit hängenden Schultern rüber zum Klo. Als er wieder im Bett lag, hörte er noch eine Weile das Rauschen der Spülung. Dann schlief er erschöpft wieder ein, zu groß waren die nervlichen Anspannungen in den letzten Wochen für ihn gewesen.

Plötzlich stand sie neben ihm und leuchtete mit der Nachttischlampe schmerzhaft in sein Gesicht.

„Christine, du?", fragte er sie erstaunt.

Frank erblickte jetzt auch Jessica, ihre gemeinsame Tochter.

„Ich bin noch einmal zurückgekommen, um über dich zu richten", sagte Christine.

„Setzt euch doch bitte", erwiderte Frank nervös.

Aber die beiden blieben stehen.

„Ich habe dich verlassen, weil es keine Liebe mehr zwischen uns gibt, nur noch Hass."

„Was habe ich dir denn getan?", fragte er sie verwirrt.

„Du hast mein Leben zerstört, deshalb will ich mich von dir befreien", fuhr sie unbeirrt fort.

„Aber ich habe dich doch immer geliebt."

„Ich brauche deine Liebe nicht mehr. Ich will, dass du stirbst – und zwar jetzt und sofort."

Sie hielt ein langes Messer in der Hand, das er als das Brotmesser aus der Küche erkannte.

„Christine, warum?", schrie er verzweifelt und versuchte, aus dem Bett zu steigen. Doch sie hatte ihren Schuh auf seine Brust gesetzt, so dass sich der spitze Absatz tief in sein Fleisch bohrte.

Er schrie: „Bitte nicht, ich bin unschuldig!"

„Nein, du bist schuldig, und deshalb wirst du jetzt sterben!"

„Christine", schrie er mit letzter Kraft, „versündige dich nicht!"

Aber da war es bereits zu spät, sie hatte zum Stoß ausgeholt. Schützend hielt er die Hände vor sein Gesicht und … wachte schweißüberströmt auf.

Noch ganz verwirrt und müde quälte er sich aus dem Bett heraus und riss die Vorhänge auf. Die kalte Dezembersonne strahlte ihm brutal ins Gesicht. Seine Brust schmerzte, er hatte auf einem Buch gelegen. Im Bad erinnerte nichts mehr an Christine und Jessica. Obwohl heute Heiliger Abend war, rasierte er sich nicht. Er betrachtete sich lange im Spiegel. Wie alt ich doch aussehe. Frank zog seinen Bademantel über und ging zurück ins Schlafzimmer. Seine Sachen lagen bunt durcheinander in zwei Koffern. Die Wäscheschränke hatte Christine letzte Woche abholen lassen. Auch von der Küche war ihm nicht viel geblieben, nur das weiße Schrankteil, der alte Kühlschrank, ein Stuhl, der klapprige Tisch und der verrußte Toaster, auf den er zwei Brötchen gelegt hatte. Er öffnete den Kühlschrank. Sein Blick fiel auf drei leere Bierflaschen. Den angeschimmelten Schnittkäse entsorgte er gleich in den Mülleimer, ebenso das letzte Stück Wurst, welches unangenehm roch. Die beiden Brötchen auf dem Toaster begannen zu qualmen.

„Verdammt!", schrie er.

Beim Herunternehmen verbrannte er sich die Finger der rechten Hand. Mit der anderen schüttete er löslichen Kaffee in eine große Tasse mit abgebrochenem Henkel. Er schmierte vorsichtig Butter auf die angebrannten Brötchen, nicht ohne vorher daran zu riechen. Dann biss er kräftig zu. Es krachte in seinem Mund. Was war das denn? schoss es ihm durch den Kopf. Er spuckte den harten Brocken aus und saß wie versteinert da. Vorsichtig tastete er in seinen Mund. Der Backenzahn war abgebrochen. Auf seiner Stirn bildeten sich Schweißperlen, und er spürte stechende Schmerzen.

„Auch das noch.“

Irgendwann rächte es sich eben doch, dass er jahrelang nicht mehr zum Zahnarzt gegangen war und zwar aus Angst, aus purer Angst. Mit Tränen in den Augen räumte er mechanisch das Geschirr in die Spüle und versenkte die angekohlten Brötchen im Mülleimer. Lange suchte er verzweifelt nach Schmerztabletten, bis er endlich eine aufgerissene Packung im Küchenschrank fand. Er legte sich angezogen aufs Bett, der Backenzahn pochte. Erschöpft und überanstrengt schlief er irgendwann ein.

Als er wieder erwachte, dämmerte es. Der Zahn meldete sich und schmerzte unerträglich. Wahrscheinlich wirkte die Tablette nicht mehr. Er rappelte sich auf, um erneut eine Schmerztablette zu schlucken. Dann saß er apathisch im Sessel, bis die Glocke der Kirchturmuhr sechsmal schlug: Heiliger Abend. Noch vor einem Jahr hatten sie Weihnachten gemeinsam gefeiert, hatten sich Glück und ewige Liebe gewünscht. Jetzt saß er alleine hier in dieser halbleeren Wohnung, verlassen von Frau und Kind, ohne Weihnachtsbaum, dafür aber mit einem pochenden Zahnstummel im Mund. Um sich abzulenken, schaltete er den Fernseher ein. Das Weihnachtsoratorium wurde gespielt. Frank war kein Freund klassischer Musik. Aber jetzt ging sie ihm tief unter die Haut. Er musste an Jesus und an dessen qualvolles Schicksal denken. War der nicht am Kreuz gestorben, um dadurch das Leid aller Menschen auf sich zu nehmen? Ein unheimlicher Gedanke breitete sich in seinem Kopf aus: Heute, am Tag der Geburt von diesem Jesus, da wollte er sterben und damit ein Zeichen setzen für die Verlassenen und Einsamen auf dieser Welt. Ja, dann hatte alles endlich wieder einen Sinn. Er ging ins Bad, nahm die kurze Wäscheleine vom Haken und legte sie sich um den Hals. Im Schlafzimmer blickte er hoch an die Decke, wo noch vor kurzem die Lampe an einem stabilen Haken gehangen hatte. Hier, direkt über dem Ehebett, wo sie sich so oft geliebt hatten, da sollte es geschehen. In seinen Gedanken stellte er sich vor, wie Christine und Jessica ihn hier finden würden. Ihre Tränen wären Balsam für seine geschundene Seele. Hoch vom

Himmel herab würde er ihnen dann verzeihen. Doch als er ein Ende der Wäscheleine endlich am Haken befestigt hatte, überkamen ihn erste Zweifel. Was, wenn die beiden gar nicht mehr zurück in die Wohnung kommen? Ihre Möbel hatte Christine ja bereits abholen lassen. Was, wenn wildfremde Menschen ihn hier finden? Wäre dann sein Opfer nicht völlig umsonst gewesen? Er setzte sich auf die Bettkante und grübelte. Er beschloss, sein Schicksal in die Hände Gottes legen. Genau so, wie es damals dessen Sohn Jesus auch getan hatte. Sein Blick fiel auf den abgegriffenen Würfelbecher, der auf der Kommode stand. Eine Eins, Zwei oder Drei sollte ihn sofort von allen körperlichen und seelischen Schmerzen befreien, eine Vier, Fünf oder Sechs dagegen Weiterleben bedeuten, mit all den unerträglichen Qualen. Als er den Würfel in den Becher schob, weinte er wie ein Kind. Seine Hände zitterten. Er würfelte … eine Fünf. Vor Erschöpfung fiel er in einen todesähnlichen Schlaf.

Pochende Zahnschmerzen weckten ihn am nächsten Morgen wieder auf. Er schleppte sich in die Küche und stellte mit Entsetzen fest, dass keine Schmerztabletten mehr in der Packung waren. Nun blieb ihm wohl wirklich nichts anderes mehr übrig – er musste zum Zahnarzt gehen. Doch zu welchem? Schon seit Jahren hatte er keinen mehr aufgesucht. Außerdem war heute erster Weihnachtsfeiertag. Frank wühlte im Zeitungsstapel, der im

Flur unter dem Spiegel lag. Endlich fand er die richtige Zeitung. Dort stand geschrieben:

Zahnärztlicher Notdienst am ersten Weihnachtsfeiertag – Zahnärztin Franziska Fricke, Berliner Chaussee 122, von 9 – 12 Uhr.

Es war kurz vor acht. Ihm blieb also noch etwas Zeit, um wieder einen Menschen aus sich zu machen. Er wusch sich gründlich, rasierte den Dreitagebart ab und kämmte sein widerspenstiges Haar. Vor allem Zähneputzen war wichtig. Vorsichtig putzte er um den abgebrochenen Zahn herum. Im Koffer fand er sogar noch ein sauberes Hemd, bürstete lange an der schwarzen Jeans herum und putzte mit dem Küchenhandtuch seine verstaubten Wildlederschuhe ab. Er fühlte sich wie ein zum Tode Verurteilter vor seinem letzten Gang. An der Straßenbahnhaltestelle hörte er sogar seinen Herzschlag, so aufgeregt war er. Drei Stationen fuhr er bis zur Berliner Chaussee, die Hausnummer 122 fand er erst nach längerem Suchen. Vier Leidensgefährten saßen stumm und mit gesenkten Blicken im Wartezimmer. Kurz nach zehn war er endlich dran.

„Herr Frank Sengbusch, bitte.“

Als er sich erhob, wurde ihm schwarz vor Augen. Jetzt nur nicht schlapp machen. Er schwankte auf die beiden Frauen in weißen Kitteln zu, die in der Tür standen. Sie trugen Mundschutz, die jüngere eine große Brille.

„Na Herr Sengbusch, wo tut es denn weh?“, fragte die mit der Brille und bat ihn freundlich auf dem Zahnarztstuhl Platz zu nehmen.

Er deutete stumm mit dem Zeigefinger auf seine dicke Backe und schloss die Augen.

„Na dann wollen wir mal schauen, was wir für Sie tun können. Öffnen Sie bitte den Mund. So ist es richtig, ganz weit.“

Frank erwartete, jeden Moment das Bewusstsein zu verlieren. Dann würde er wenigstens nichts mehr spüren. Doch nichts dergleichen geschah.

„Sie waren aber lange nicht mehr beim Zahnarzt. Sind wohl auch einer von diesen Angsthasen?“

Was sollte er darauf antworten? Er beschloss, lieber zu schweigen und sich stumm in sein Schicksal zu ergeben.

„Tut das weh?“

Mit einer Metallspitze klopfte sie an den abgebrochenen Zahn. Er bekam einen Schweißausbruch.

„Nach der Spritze wird es Ihnen besser gehen.“

Er spürte den schmerzhaften Einstich im Zahnfleisch und wunderte sich, immer noch bei voller Besinnung zu sein.

Frank spürte nach einer Weile, wie sein Zahnfleisch langsam taub wurde. Wahrscheinlich starb sein Körper bereits ab.

„Wohl zu viel Süßigkeiten unterm Weihnachtsbaum genascht?“, scherzte die Zahnärztin.

Er öffnete ein wenig die Augen, ihre angenehme Stimme hatte ihn neugierig gemacht. Das grelle Licht blendete. Ihre Augen waren jetzt direkt über ihm und blickten ihn freundlich an. Merkwürdig, sogar die große Brille stand ihr gut. Ihr dunkelblondes Haar hatte sie zu einem Pferdeschwanz verknotet. Eigentlich eine bildhübsche Frau, ging es ihm durch den Kopf. Wie kann sie nur solch einen brutalen Beruf ausüben? Er atmete ihren Duft ein und stellte sie sich dabei in seiner Phantasie ohne Mundschutz vor. Da begann der Motor des Bohrers unangenehm schrill direkt neben seinem linken Ohr zu surren. Blitzartig wurde ihm dadurch wieder klar, wo er sich hier befand. Nein, nicht mit Eva im Paradies, sondern in einem Folterkeller.

„Diese kleine Stelle werden wir gleich noch mit erledigen“, hörte er sie sagen. Er schloss die Augen und mit seinem Leben ab. Wenn sie sich über ihn beugte, hörte er deutlich ihr Herz schlagen. Manchmal gurgelte es ein wenig in ihrem Bauch. Ob sie heute schon gefrühstückt hat? Doch dann setzte sie mit der Zange an und er verlor jegliches Interesse an ihren Reizen.

„So, Herr Sengbusch, jetzt müssen wir ganz tapfer sein.“

Dann war es um ihn geschehen, den kranken Zahn. Die Schwester tupfte ihm den Schweiß von der Stirn ab. Geschafft, jubelte da seine innere Stimme, du hast es geschafft, alter Junge.

„Die nächsten zwei Stunden bitte nichts essen, nicht rauchen und keinen Bohnenkaffee. Und ein paar Termine brauchen wir dann natürlich auch noch, um die anderen Baustellen zu reparieren“, sagte sie schmunzelnd.

„Würde Ihnen Ende Januar passen? Vielleicht am Achtundzwanzigsten um fünfzehn Uhr?“, fragte ihn die Schwester. Frank nickte mechanisch.

Die junge Zahnärztin nahm ihren Mundschutz ab und strahlte ihn an. Er hatte sich nicht getäuscht, sie sah wirklich aus wie ein Engel. Am liebsten hätte er sie gleich hier auf dem Zahnarztstuhl umarmt und geküsst.

„Und schöne Feiertage im Kreise Ihrer Lieben“, sagte sie zum Abschied noch zu ihm.

„Habe keine Familie mehr“, stammelte er verlegen.

„Das tut mit leid. Aber trösten Sie sich, mir geht es ebenso. Bin auch wieder Single.“

Er schwebte förmlich aus dem Behandlungszimmer hinaus. Dann stand er bestens gelaunt und von einem Betonklotz erleichtert wieder an der Straßenbahnhaltestelle.

Wieder in seiner Wohnung riss er die Fenster weit auf und schaute auf die Küchenuhr. Halb zwölf. Auf dem Zettel, den ihm die Schwester in die Hand gedrückt hatte, suchte er nach der Telefonnummer. Mit zitternden Fingern wählte er und hörte die Stimme der Schwester.

„Könnte ich bitte Frau Fricke persönlich sprechen? Ach ja, Sengbusch hier, ich war vorhin bei Ihnen.“

„Ja, Fricke am Apparat. Haben Sie Schmerzen, Herr Sengbusch?“

„Ja gewissermaßen, aber eigentlich – nein. Ich wollte Sie nur noch einmal sprechen und fragen, ob ich vielleicht einen Termin …“

Sie unterbrach ihn: „Aber wir haben doch schon den Achtundzwanzigsten vereinbart, wieso…“

„Ich meine nicht einen Termin bei Ihnen, sondern einen Termin … mit Ihnen. Wie wäre es zum Beispiel gleich heute Abend?“

Dann hörte er eine Weile nichts mehr von ihr. Endlich freundliches Lachen.

„Sie sind mir vielleicht einer. Aber okay, Herr Sengbusch, ich kenne da einen guten Italiener, gleich bei mir um die Ecke, Rosenweg 24. Die Spaghetti sind wunderbar weich, die kann man sogar essen, wenn einem ein Zahn gezogen wurde. Vielleicht so gegen acht?“

„Ja, um acht“, stammelte er.

Er küsste das Telefon und umarmte die ganze Welt.

Weihnachts-Elfchen

Hans-Dieter Weber

er
Weihnachts-Baum
ist leider abgebrannt.
Die Kerzen hingen schief.
Schade.

Jedes
Jahr im
Dezember ist Weihnachten.
Auch in diesem Jahr.
Wahrscheinlich.

Sage
mir, was
Du Dir wünschst.
Ich besorge es Dir.
Vielleicht.

Die
Ente brutzelt
im heißen Bräter.
Riecht lecker, wird schmecken.
Hoffentlich.

Die Autorinnen und Autoren

Johanna Adler

Jahrgang 1943. Nach Jahren für die Familie und Beruf, kam sie durch ihren Enkel zum Schreiben und veröffentlichte die Kinderbücher „Isa und der kleine Drache" sowie „Die kleine Brockenhexe Walpurgis". Des Weiteren finden sich Kurzgeschichten von ihr in den Anthologien des Leseturms I und II.

Tilo Buschendorf

Jahrgang 1951, Buch- und Zeitungsautor, Mitglied in der Autorengruppe Leseturm, zwei Buchveröffentlichungen, mehrere Veröffentlichungen in Anthologien, Zeitungen und Zeitschriften, wohnt in Leuna, OT Spergau

Philine Eschke-Scheubeck

Jahrgang 1958, Augenoptikermeister, eine Buchveröffentlichung „Blondine drei Wochen in Peru", mehrere Veröffentlichungen in Anthologien, wohnt in Bad Dürrenberg

Birgit Gerlach

Jahrgang 1956, Hausärztin in Merseburg, schreibt gelegentlich: „Neudeutsche tierische Geschichten" für Erwachsene, „Mauja" – ein Kinderbuch, Beteiligung an Anthologien des Leseturms Merseburg

Louisa Girrulat

Jahrgang 2002, Schülerin, war Mitglied in der Leseturm-Schreibwerkstatt für Kinder und Jugendliche, wohnt in Merseburg

Lynn Gumbrecht

Jahrgang 2008, Schülerin, war Mitglied in der Leseturm-Schreibwerkstatt für Kinder und Jugendliche, wohnt in Merseburg

Hannah Ketscher

Jahrgang 2000, Schülerin, war Mitglied in der Leseturm-Schreibwerkstatt für Kinder und Jugendliche, wohnt in Leuna, OT Dölkau

Jasmin Valesca Lenz

Jahrgang 2003, Schülerin, ist Mitglied in der Leseturm-Schreibwerkstatt für Kinder und Jugendliche, wohnt in Merseburg

Katharina Mälzer

Jahrgang 1960, Diplomchemiker, veröffentlichte „Achteinhalb Jahrzehnte", „Frau Mandelkern lud zum Tee", in der Literaturzeitschrift oda, in Anthologien des Leseturms und der Stadt Merseburg

Regina Oversberg

ist im Harz aufgewachsen, hat in Halle am Pädagogischen Institut studiert und lebt seit 1969 in Bad Dürrenberg. Sie ist verheiratet und hat zwei Kinder und drei Enkelkinder. Im Jahr 2006 hat sie ihre letzte Klasse ins Leben entlassen und ist seitdem im Ruhestand. Seitdem sind einige Bücher von ihr erschienen, wie der Zeitzeugenbericht „Du hast genau ein Leben" oder die „Geschichten über Herbert und seine Freunde". Zurzeit arbeitet sie an einem historischen Roman, der in der Zeit Heinrichs IV. spielt und als geographisches Zentrum den Harz und sein näheres Umland hat. Damit erfüllt sie sich selber einen langgehegten Wunsch.

Rüdiger Paul

Jahrgang 1959, glaubt an Den guten Lauf der Dinge, veröffentlichte „Jesuslatschen Größe 42" und in verschiedenen Anthologien

Ann-Kathrin Schaumburg

Jahrgang 1996, Lehrling, war Mitglied in der Leseturm-Schreibwerkstatt für Kinder und Jugendliche, veröffentlichte unter dem Pseudonym Selenia Night „Die Geheimnisse von Surania" und „Jared – Vampir meiner Träume", wohnt in Bad Dürrenberg

Ingeborg Schmelz

Jahrgang 1940, Autorin, wohnhaft in Merseburg. Mitglied der Autorengruppe Leseturm seit der Gründung 2012 und Mitglied im Friedrich-Bödecker-Kreis. Buchveröffentlichungen: „Aus der Ferne in die Heimat" (2009), „Denken mit meines Vaters Augen" (2011), „Der Spatzenjunge Flori" (2016), Geschichten in mehreren Anthologien

Hans-Dieter Weber

Jahrgang 1950, Autor und Dozent, Mitglied in der Autorengruppe Leseturm, fünf Buchveröffentlichungen, mehrere Veröffentlichungen in Anthologien und Zeitschriften, wohnt in Merseburg, OT Atzendorf

*W*eiterhin erschienen im

pkp Verlag

www.pkp-verlag.de

Erzählungen

Alltägliche Sensationen
Geschichten und Reportagen
Tilo B.

Geschichten aus dem Leseturm II
Merseburg zwischen Russenkaserne, Strandkorb
und TH
*Autorinnen und Autoren des Leseturm Literaturkreis
Merseburg*

**Neue Geschichten über Herbert, Hubert und
andere Zeitgenossen**
Regina Oversberg